.

元宇宙
架构师

庄尊－著

山西出版传媒集团
山西人民出版社

图书在版编目（CIP）数据

元宇宙架构师 / 庄尊著. -- 太原：山西人民出版社, 2023.8
ISBN 978-7-203-12968-4

Ⅰ.①元… Ⅱ.①庄… Ⅲ.①短篇小说 - 小说集 - 中国 - 当代 Ⅳ.①I247.7

中国国家版本馆CIP数据核字（2023）第132514号

元宇宙架构师

著　　者：庄　尊
责任编辑：周小龙
复　　审：李　鑫
终　　审：贺　权
装帧设计：中尚图

出 版 者：山西出版传媒集团·山西人民出版社
地　　址：太原市建设南路 21 号
邮　　编：030012
发行营销：0351-4922220 4955996 4956039 4922127（传真）
天猫官网：https://sxrmcbs.tmall.com　电话：0351-4922159
E-mail：sxskcb@163.com 发行部
　　　　　sxskcb@126.com 总编室
网　　址：www.sxskcb.com

经 销 者：山西出版传媒集团·山西人民出版社
承 印 厂：天津中印联印务有限公司

开　　本：880mm×1230mm　1/32
印　　张：6.25
字　　数：110千字
版　　次：2023 年 8 月 第 1 版
印　　次：2023 年 8 月 第 1 次印刷
书　　号：ISBN 978-7-203-12968-4
定　　价：68.00 元

如有印装质量问题请与本社联系调换

目 录
Contents

元宇宙架构师

故事发生在 2022 年。我们故事的主人公大明，全名叫周凯明，是北京市一个高三学生。

一

大明做了一个完整而奇怪的梦。

他猛然从梦中惊醒，梦里那清晰的景象仍然历历在目，大明躺在床上，久久回味。

他清晰地记得，梦里的时钟停留在 2035 年，而且，有一个清晰的声音告诉他，2035 年是地球的元宇宙文明纪元元年。

"我明白这辈子应该做什么了！"

大明大叫了一声，一骨碌蹦下床，兴奋地要到客厅找水喝。

天还没有亮，大明没敢开灯，他蹑手蹑脚从卧室摸到客厅，顺着墙边的家具找到冰箱，打开冰箱门，拿出一瓶水打开刚喝一口。

"你在干嘛？才四点，天亮还得上学，赶快去睡觉！"客厅的沙发上传来父亲的呵斥。

天亮还得上学。一想到这个，大明就无比沮丧。他低声"嗯"了一声，乖乖走回卧室上了床继续睡。

但他已经睡不着了，刚刚梦里的兴奋劲儿还在，仿佛有一团巨大的棉花堵在嗓子眼，大明想跑到旷野上大声嘶吼。

他想起了自己在七中的死党——大迪。

这个大迪，现在一定睡得比猪还沉。大明在心里偷偷咒骂着。

刚才让自己无比兴奋的梦境，可以向谁讲呢？

大明和他父亲现在住的红砖楼小区，始建于二十世纪八十年代末，因为靠近七中，属于西城区的学区房社区，虽然房子破旧，但仍然非常抢手。为了方便大明上学，父亲把在朝阳区唯一的一套老三居房子租了出去,在学校附近租了这套一居室。为了冲刺高考、照顾大明的饮食起居,大明的父亲睡在了客厅的沙发上,把唯一的卧室兼书房让给了大明。

是啊,我们故事的主人公大明已经上高三了,要冲刺高考了,大明的父亲非常有担当,摆出了与大明"同生死、共患难"的架势,无形中给了大明非常大的压力。可那些可恶的三角函数,什么升幂公式、降幂公式、正弦定理、余弦定理,折磨得大明要发疯,自打上了高中,大明感觉自己都有点抑郁了。

大明躺回床上也睡不着,他决定梳理一下自己刚刚的梦:这是一个关于元宇宙的伟大构思,一个云端的虚拟数字世界……想到兴奋之处,大明一激动,头重重地磕在了床头靠板上,疼得他直呲牙。

"元宇宙架构师!"一个闪着光芒的新词突然在这个时候蹦进他的脑袋里。

大明顾不得疼痛的头,激动地再次起身下床。他蹑手蹑脚找到自己的书包,掏出本子,撕下一张纸,打开了床边充着电的手机,借着手机屏幕的亮光,他在纸上写下一行字：每个人都可以构筑属于自己的元宇宙。

接着，大明感觉自己的灵感犹如泉涌，自己的手仿佛不被自己的大脑支配，不假思索地飞速写着：

这是一个价值数十万亿的产业—— 一个面向未来的虚拟数字产业，将不断推动人类文明的发展和进步。

未来将诞生一个非常有"钱景"的职业：元宇宙架构师。

未来的人们将在不同的元宇宙中生活、工作、学习、旅行、交往。

我要让无数人在我构筑的元宇宙中生活。

对，这是生活，不是游戏！

大明写到这里，自己都被自己的宏伟构思惊呆了。

他努力设想元宇宙文明体验馆的样子：这应该是一个有超大共享空间的三层建筑？他的思路在这里卡壳了。

二

操场上，大明把死党大迪拉到了一个比较僻静的地方。

大迪不解地问："你鬼鬼祟祟地拉我到这里，准备干嘛？说！"

大明没有马上回答，先反问道："这个事情非常重要，想找你商量一下。不过，你能不能先答应我，为我保密？"

　　大迪露出一脸坏笑："什么事？你不会是想追舒倩倩了吧？"

　　舒倩倩是大明和大迪班上的班花，一个很漂亮的女生。

　　"跟她没半毛钱关系。"大明有点不屑。

　　"呦呦呦，别骄傲啊，你先说你看上谁了？"

　　"你到底想不想听我说？"大明有点急了。

　　"好好好，你说你说。"大迪终于收敛了自己戏谑的坏笑。

　　大迪全名叫张迪，父母都是高级知识分子，家里条件非常好，在北三环有一套200平米大平层的房子，去他家吃过饭的大明对此羡慕极了。他们两个人在高一的一次踢球中认识，因为大迪为人性格豪爽不拘小节，两个人从此成了死党。

　　"是这样，我有一个关于元宇宙的宏大构思——"

　　大明正准备把自己酝酿许久的想法一吐为快，不出意料地招来大迪的嘲笑。

　　"你知道什么是元宇宙吗，就准备在这里跟我白话？"

大迪用带着他特有的优越感腔调，不屑地笑着说。

"你想考我是吧？"大明瞪着大迪问。

"别，就当是给我扫盲了，你先给我讲讲什么叫元宇宙吧。"

大明乐了，深吸一口气，滔滔不绝起来："元宇宙这个概念最早诞生于美国著名的科幻作家斯蒂芬森的作品中。尼尔·斯蒂芬森出生于 1959 年 10 月 31 日，毕业于美国波士顿大学，人称元宇宙之父。这个斯蒂芬森曾做过计算机的程序员，非常了解电脑网络和黑客技术，他在 1992 年写出了奠定他元宇宙宗师地位的大作——《雪崩》。在《雪崩》中，斯蒂芬森首创性提出了一个概念——'虚拟实境'，英文是 Metaverse。按斯蒂芬森的构想，虚拟实境是与现实世界平行的一个虚拟数字世界。Metaverse 一词在国内译为元宇宙，去年，元宇宙概念在全中国迅速变得火热。根据网络上的名词解释，元宇宙是数字孪生技术生成的虚拟现实世界，一个通过斯蒂芬森所设想的脑机接口可以进入的地球的数字平行宇宙！"

"行啊。"大迪的脸上出现了佩服的神情，他点着头真诚地赞美道："看来你不是忽悠，真做了功课了。"

"废话。你先说，你对这个感不感兴趣？"

"听上去有那么点意思，我感兴趣，怎么了？"

"你愿不愿意成为我的合伙人？"

"怎么合伙？"大迪故意摆出一副"你别想忽悠我"的神态，大明被他逗乐了。

"你帮我完善我的思路，等我的元宇宙世界架构成熟，找到愿意投资我的大买主，我给你提成！"大明抛出一个条件。

大迪眨眨眼，没说话。

"你知道吗，我的'元宇宙架构师'概念，绝对是世界首创！"大明冲大迪挑了一下眉毛。

大迪摇头晃脑假装做思考状："冲咱俩这关系，说提成就没意思了。"

大明猛然一把掐住他的脖领，咬牙切齿对着他的耳朵低声吼着说："你还想要啥？老实交代！"

大迪缩着脖子哈哈大笑。"起码你有个上市公司，我不得弄一个 CEO 什么的大官当？"

大明也不禁哈哈笑了起来。

"不开玩笑了，说真的，你关于元宇宙架构师的构思创意很厉害，但是，我帮不了你。"大迪趁机挣脱大明的手说道。

大明的脸霎时变得十分严肃。

　　大迪注意到了大明的表情变化，赶紧解释："你听我说，我可不是推诿啊，你看，我们全家都是工科学院毕业，我父母是电气工程师，没人懂你这玩意儿，我也没有懂这方面的朋友。"

　　大明知道他说的是实情，两个人不约而同陷入了沉默。

　　大迪看出大明满脸的失望，沉默了一会儿，突然冒出一句："大明，我建议你去找彦博，他一定喜欢这个。"

　　"你是说那个教育界大佬的儿子，赵彦博？"

　　"对。"大迪一脸认真。

　　看大明陷入了思考，大迪接着补充说："我最近看了一则新闻，北京台的什么频道，赵彦博组了一个'守望未来元宇宙'战队，在瑞士的元宇宙国际联盟创意大赛上还拿了名次，他应该会喜欢你的创意。"

　　"他一个亿万富翁的公子，我又不认识他，怎么去找？"

　　"我也不认识，但可以帮你打听打听。"

　　"行。"大明点点头，看来跟大迪这个死党交心还是值得的。

"不过，你要想找他也可以试试，他父亲赵天麟开发的天麟广场就在东三环国贸三期的边上，我听说他们公司的总部也在那里。"大迪最后的话让大明眼前一亮。

三

大明在心里编了无数回理由，终于鼓足勇气告诉父亲了。

"你是说，你们老师布置了任务，必须见到这个赵彦博，让他支持你们这些准备参加高考的学子？"大明的父亲满脸狐疑地问大明。

大明咬着牙点头："赵彦博和他父亲赵天麟的在线教育事业做得非常大，他们也向很多地方的中小学校捐款建楼，我们老师可能是希望赵彦博也为我们这些高三学子加加油，但没提捐款的事。"大明尽量把一个谎言编得更合理一些。

"我想想办法。"大明的父亲点头了。

大明在复习功课中忙得昏天黑地，完全没有想到一向没什么本事的父亲真的帮他找到了见赵彦博的路径。

那天晚上，大明正在复习功课，父亲进了他的房间，把一张名片递给大明。父亲略带炫耀地埋怨道："大明，你可不知道，为了你老师的一个小愿望，我费了多大的周折！"

大明接过名片一看，名片上是烫金印的一行字：天麟广场物业公司总经理马岩。

大明的父亲介绍说："这是你马叔，我的老战友，也是多年的好哥们，你去找他，他说有可能帮你安排一下见见赵彦博，他们管赵彦博叫小赵总。"

大明终于在天麟广场见到了父亲的老战友马岩。大明不太明白，身为物业公司总经理的马叔，一身西装革履，形象高大气派，但举止行为却略显拘谨。

马岩带着大明穿过长长的走廊，一边跟过往的身着西装的男男女女点头打着招呼，一边对大明说："小赵总非常忙，能答应见你太不容易了！"

"谢谢马叔叔！"大明懂事地赶紧致谢。

"你们管赵彦博叫小赵总？"大明跟着马岩上了电梯，他有点好奇地问。

"对，小赵总的父亲，你也知道，也在这个楼里办公。

我们习惯尊称他父亲叫赵总，于是叫他……"马岩对着大明歪了一下嘴角，"小赵总。"

电梯在五十层停下，马岩带着大明下了电梯，继续往走廊的尽头走，马岩叮嘱道："大明，过一会儿见到小赵总，你要注意言简意赅，长话短说，小赵总喜欢直接一点。"

大明点头说道："明白！"心中不禁泛起一阵紧张和兴奋。

大明在马岩的带领下进入一个办公室，办公室里一位漂亮的女秘书对马岩说道："马总，小赵总让你带客人等一下，他正在接待其他客人。"

马岩忙不迭地点头，回头嘱咐大明："你就在这里等，什么时候她通知你进去，你就可以进去了。我还有事情要处理，必须先走一步。"大明也忙不迭点头，心里升起无限感激。

大明在办公室从上午九点一直到十二点足足等了三个小时，对大明而言，这三个小时无比煎熬，等得都要绝望了。

终于，那个女秘书向他示意："现在可以了，你进去吧。"

大明跟着那个漂亮的女秘书走进了一个偌大的办公室,光线从远处巨大的落地玻璃射入办公室,只见超长的皮沙发上背着阳光坐着一人,秘书示意大明在对面的沙发上坐下。

终于见到真神——这个只在网络上见过的明星级人物赵彦博,比大明想象的更高大一些,看起来非常年轻,眉宇间有一种气定神闲的气质。大明刚坐下,只见赵彦博侧着脸打了一个哈欠,一脸的倦怠,但他在尽量保持礼貌,准备听大明陈述。

大明开始紧张起来,完全忘了自己准备好的说辞,他只记得自己刚开了一个头没说几句话,赵彦博就径直打断了他。

"等一下。"赵彦博声音不高,但是很威严。

大明被惊得一脸诧异,他注视着赵彦博。

"你的元宇宙场景实在太弱了。"赵彦博摇着头,他的风格果然是直来直去,大明感觉自己正坠入冰谷。

"我要的元宇宙,是一个可以容纳数万人甚至数十万人同时参与的场景,你明白?"赵彦博斜了一眼大明,接着说,"我们要建立的元宇宙,经典的场景要可以在类似鸟巢这样的体育场里搞直播，向全世界直播。你构想的场景太 Low，我不需要。"

大明的心触到了谷底，他关于元宇宙的核心构想一个字还没说。

离开的时候，大明听赵彦博在他背后抛出一句："你倒是可以考虑加入我的战队，你的元宇宙架构师的概念不错，我们团队确实需要有想象力的人。"

"谢谢！我考虑一下。"为了不失礼貌，大明回头对赵彦博微微欠了一下身子。

溜溜等了一上午，结果从进门开始算见面时间一共没有三分钟，太打击人了！

虽然赵彦博打击了他，但大明仍然感谢赵彦博。

"未来的世界属于有想象力的人，你想明白了可以给我的秘书打电话。"赵彦博在他临走时说的话，在大明的脑海里过了一遍又一遍。

大明走的时候，没忘了从那个秘书手里拿了一张名片。

回到家中，大明想到了一句不知在哪里看到的鸡汤文：人想要成功就是要往死里逼自己。

我应该绘制一个哪怕是粗糙的图画，以此来说明自己的构思。大明下定了决心。

大明跟大迪说了这个想法后，又引来了大迪这个夯货的无情嘲笑。

挖苦够大明后，大迪说道："好吧，我实在是被你的激情感染了，这次，我决定找个人帮你一把。"

"谁啊？"大明将信将疑。

"我姑姑的女儿，现在在一家 4A 广告公司做插画师，是一个天才美女，叫许婧妍。"

四

大明在凯德来福士广场的三楼中庭玻璃咖啡厅等人。约好的下午两点，大明提前到了。

他特意点了一杯卡布奇诺，向四周张望，找了一个靠窗边的桌子坐下，正在这时，手机铃响了，低头一看，是大迪打来的。

"大明，不好意思，我骑车在东直门和一个小子开的跑车剐蹭了，那小子想讹我，我在这里等警察来处理。"

大明急了："那和许婧妍见面怎么办……"

那边大迪的声音飘了过来："没事的，我刚跟她通了电话，她一会儿就到，你们可以先聊，警察来了，我先挂了啊。"

大明气得直嗛牙花，这个大迪总是在关键时刻闪我！大明恨恨地想。

正在此时，一个身着淡蓝海军风连衣裙的女孩走了进来，那女孩长得十分白净，一头披肩长发，步履轻盈地走到大明斜对面的一张咖啡桌边坐下，很快一个服务员给她送上了一杯饮料。

眼看过了两点一刻，大明见大迪还没有来，他无奈地拨通了大迪事前留的许婧妍的电话。

谁知，斜对面咖啡桌的那个女孩接起了手机。

也许她就是许婧妍？大明心中猜想。

"喂？"大明试探着喂了一声。

"喂。"

果然是她。"你好……我叫周凯明，是、是张迪的朋友。"大明有些结巴，他一边说着，一边偷眼观察斜对面那个女孩的反应。

"我知道，你到了吗？"

"我到了，我好像看见你了。"大明一边答话，一边抬起右手向斜对面的女孩挥手。

两个人坐在了一起。

初次见面，两人显得有些拘谨，都不知道怎么开口。

"应该怎么称呼你比较好？"大明打破了尴尬的局面。

"叫我婧妍就好。"

"那我叫你婧妍姐吧。"

"好。"许婧妍大方地答应了。

"婧妍姐，你听说过元宇宙吗？"

"听说过，听说国外一个叫扎克伯格的，就是脸书公司的老板也在投资元宇宙，这是一个很具未来感的概念。"许婧妍的回答让大明很惊喜。

"是这样的，我有一个关于元宇宙的构思，感觉需要用动画或者绘画的形式表达得更完美一些，所以，我需要你的帮助。"大明对许婧妍发出了请求，同时还赞美了她一句，"我听大迪说你是一个天才的插画师！"

许婧妍笑了："天才可太夸张了，不过我愿意帮你！就是不知道我的水平能不能满足你的要求。"

大明也笑了，说道："我们不用再互相吹捧了，我现在就给你讲讲我的元宇宙。"

许婧妍点点头，专注地听大明讲他的构想。

　　　　　　　　　元宇宙架构师

时间过得非常快，两个年轻人聊了近一个小时。

许婧妍看了一下表，问大明："大迪没说他什么时候能到？"

大明反问道："你还有事要走？"

许婧妍点头："我下午还约了一个闺蜜去见一个美院的老师。"

大明说道："都怪我，没有先问你还有没有事。"

许婧妍微微一笑。大明接着说道："我们不管大迪了，婧妍姐，你先撤吧，我在这里等他。"

许婧妍点点头，站起身准备离开，大明也赶紧站起身，对许婧妍说："婧妍姐，我们加一下微信吧。"

"好呀。"许婧妍似乎一直在等他说这句话，她大方地把手机递向大明，"你加我吧。"

大明加了许婧妍的微信，看到微信昵称，不禁笑出了声。

"爱吃桃子的小迷糊，婧妍姐，你爱吃桃子？"

许婧妍点点头。"是啊，我喜欢吃水蜜桃。"

"你如果画得好，我就给你买全北京最好吃的水蜜桃！"大明的眼睛闪闪发亮。

"好啊。"许婧妍笑了，露出一口雪白的牙齿。

大明继续为高考没白天没黑夜地复习着功课。一天晚上，他不知不觉学习到凌晨两点。躺到床上睡不着，就尝试着在朋友圈里发了一条动态：披星戴月，决战前的五月，又一个平常的不眠夜晚。

没想到，许婧妍点了一个赞。

大明十分惊喜，他犹豫了一下，给许婧妍发了微信。

"婧妍姐，这么晚还没睡？"

"对，你也没睡？"

"刚复习完语文。"

"快高考了吧？"

"对，还有一个半月。你怎么也这么晚睡？"

"嗯，我为了创作灵感，经常熬到这个点。"

大明隔了几分钟，忍不住试探着问："婧妍姐，看你这么忙，我一直不太好意思问，关于元宇宙的画，有了吗？"

许婧妍很快回复了："我试着画了几张，一直感觉不太理想，所以没给你，既然你问了，我就先发给你看看吧。"

许婧妍竟然一口气发来了十张，让大明分外惊喜。

"怎么说，婧妍姐，你太棒了！"

　　　　　　　　　　　元宇宙架构师

"别夸我，我不经夸！"许婧妍发过来一个害羞的表情。

"真的很棒！尤其是第三、四幅，超乎了我的想象。"

"表达出你设想的元宇宙了吗？"

"表达出来了，简直是完美！我该怎么感谢你？"

"你能用得上就好，别那么客气！"许婧妍的回答让大明感觉出一点点距离感。

"那我还是先兑现我的承诺，请你吃北京最好的水蜜桃吧。"大明发给许婧妍一个大桃子的动图。

许婧妍那边没有回复，大明有点失落，但还是无比感激她给自己画的元宇宙。

五

第二次拜访赵彦博，大明带了事先打印好的元宇宙画。

这次赵彦博明显有了兴致，他一边看画，一边听大明介绍，听得很仔细。

大明正说得兴奋处，突然，赵彦博打断了他。

"等一下。"

大明不知所措，他已经有点怕听到赵彦博说这三个字。

赵彦博站起身，走向办公室门，"你跟我来。"他转头向大明示意。

一头雾水的大明跟着赵彦博穿过长长的走廊，来到一个巨大的圆形办公区域。

"来看看我的元宇宙创作团队！"赵彦博对着排列整齐的电脑与工作人员用手一指，转脸对大明说道。

"这是视觉效果一组，有五十来人，这位是美编，这位是美指，这位是视觉效果师，那位是场景设计师。"

赵彦博一边带着大明往办公区域深处走，一边介绍正在工作的青年才俊，那些年轻人纷纷站起身，有人恭敬地点头小声回应："小赵总好！"有人则比较直接地说道："老板好！"

大明已经按捺不住兴奋了，但他尽量让自己保持平静。大明一边参观，一边琢磨，好不容易引起这个家伙的重视了，怎么才能抓住这次也许是人生唯一的机会呢?

大明暗暗下了决心。

眼看路过一台大电脑，屏幕上是有些邪典风格的魔幻帝国的场景，三个年轻人正围着屏幕讨论，赵彦博带着大

　　　　　　　　元宇宙架构师

明走过去，跟几个人打了招呼，继续往前走。这时，赵彦博转头问大明："你觉得刚才那个场景怎么样？"

大明故意反问道："实话实说吗？"

赵彦博有点意外大明的反问，但脸上的神情是肯定的回答。

大明故作内行地说道："有些俗套了。"

赵彦博点点头，还是那句话，"你跟我来。"

两个人再次穿过一条长廊，进入一个偌大的空间，这里有百十余年轻人在专注地工作，远处墙上贴有红色大字：创意是梦想帝国起航的翅膀。这是大明朝思暮想的工作环境。

赵彦博走到一台电脑前，给大明引荐了一个年轻人，只见那个年轻人下巴蓄着有型的山羊胡，戴一副黑框眼镜，穿一件美式复古 T 恤，很艺术范儿。

"这是创意总监小韩。你给他看看你的帝国。"赵彦博用手一指大明，对着那个山羊胡年轻人吩咐道。

大明看到眼前的电脑屏幕上呈现出一个仙侠风格的场景，画面中仙气氤氲，融合了水彩画和中国画的风格。

"比上一个有意思多了。"大明用词谨慎地夸了一句。

被称为小韩的创意总监可能看大明是老板小赵总领来

的，赶紧恭敬地递上一张名片。名片上的抬头是——仙侠传奇创意总监韩轶。

离开韩轶，随着赵彦博继续向前走，大明对赵彦博说了自己的想法："刚才那个仙侠帝国，如果再借鉴一些中国古代神话的元素，比如山海经中想象的神兽，可能会更有意思。"

赵彦博点点头，还是那句话："你跟我来。"

大明跟着赵彦博回到他的办公室，赵彦博引导大明来到自己的电脑旁。只见他敲击了一下电脑键盘，屏幕上就浮现出了一幅手绘图。

"你看看这个。"赵彦博对大明说，同时他按响桌子上的电话免提，对着电话吩咐道，"给我送杯咖啡。"

大明仔细看着手绘图，他被震撼了。这是他一直希望建构的场景，太熟悉了！

"这是我最中意的一个元宇宙。"赵彦博在一旁介绍道。

大明细心地留意到手绘图右下角有一个龙飞凤舞的签名，写着"彦博作品"四个字。

"你看出什么门道了？"赵彦博突然问了他一句。

"似乎看出来是一个五层架构的元宇宙模型，每个人都可以通过一个大脑超距感应视窗进入这个平行宇宙。这个元宇宙可以链接过去、现在和未来的不同场景。"

"与你的创意是不是有点像？"赵彦博继续问。

大明有点服气了，他点点头。

"这也是我愿意告诉你我的构思的原因，"赵彦博说道，"不存在谁抄袭谁，不过，你的确很有想象力。"赵彦博竟然破天荒夸赞了他。

这时，女秘书进来给赵彦博的办公桌上放了一杯冒着热气的咖啡，她对赵彦博说道："小赵总，老板刚才找您。"

赵彦博点点头，他示意大明坐在沙发上等他，一转身，赵彦博进入办公室的另一个门。

大明坐在沙发上等了约莫二十分钟，他不知道接下来会发生什么，这时赵彦博从办公室的内门出来，走到办公桌旁，再次按响免提，叫进来女秘书吩咐道："你去找来 David 和他的团队，到小会议室。"

很快，十几个人陆续进入了赵彦博办公室的小会议室坐下，大明注意到那个仙侠帝国的创意总监山羊胡也在。

"这是我的核心创意团队，你可以给他们讲讲你的元宇宙构思。"赵彦博对大明说道。

大明豁出去了，他大步走到小会议室的大投屏前，扫了一眼所有人。

"恕我直言，我想说，我见过的元宇宙模型，都是垃圾！"

大明看见创意团队中有人在打哈欠，明显对他的虚张声势不感兴趣。

"我看到现在所有元宇宙的构建，不过是对一些流行的通关游戏的翻版升级，通过情节设定和角色设定，沿着游戏规则一步步升级，或者预埋通关技巧以增加游戏的难度系数，让参与游戏者有挑战的乐趣以及代入感，一级级升级成为游戏王者或者大咖。为了让人们陶醉其中，建立大型体验馆、包装几个明星，以明星的光环效应吸引年轻受众参与，为所有受众洗脑。"

大明在这里特意停顿了一下，继续说道："恕我直言，这些都过时了！简言之，我心中理想的元宇宙，不是类似《头号玩家》的游戏世界……"

大明感觉嗓子有点干，他努力咽了一口唾沫，偷瞟了一眼赵彦博，只见赵彦博的嘴角微微撇了一下，低头专注

　　　　　　　　　　元宇宙架构师

地用勺子搅动冒着热气的咖啡。

大明似乎明白他的意思了，继续侃侃而谈："我想建构的是一个复合平行元宇宙。在这个复合平行宇宙中，每个人都可以实现他的梦想，隐秘的、显现的、古老的、现代的、未来的梦想，对，无数的梦想！而且，所有参与复合平行元宇宙的人将共同帮他实现。"

大明停顿了一下，见那个美女秘书给他面前放了一杯热气腾腾的咖啡，大明绅士地点头说了一声："谢谢。"

他继续说道："构建这个复合元宇宙有三个法则：第一，每个人都有自己独立的元宇宙；第二，每个人的独立元宇宙与整体复合平行元宇宙，我们可以称之为母元宇宙，互相依存、互相影响、共同发展……"

"对不起打断一下！"这时那个留着山羊胡的年轻人说话了，大明记得他名片上的名字：仙侠传奇创意总监韩轶。

"你是不是想说，母元宇宙的运行结果没有任何事先的设定？"韩轶问。

"对！"大明兴奋了，感觉自己的设想得到了积极的回应，他大声回答道，"母元宇宙一旦启动运行，它就有自己独立的轨迹。"

这时，大明看见赵彦博放下咖啡杯，专注地看向自己。

"第三，复合平行元宇宙的虚拟场景是对现实世界的实景扫描。怎么理解？母元宇宙可能是一个对我们这个星球所有历史和现实进行重构的数字孪生世界，通过运用与大脑互动感应的超距 VR 技术，向所有加入母元宇宙的人提供身临其境的沉浸式体验。"

大明在此处特意停顿了一下，他把自己刚刚从网络中学到的新词"沉浸式体验"用到了这里，不免有一些小得意。

"通过跨越空间、跨越时间的场景进行沉浸式交互体验，让每一个人都可以通过角色转换、场景转换，体验不同的经历，从而实现不同的梦想。"

这时大明端起咖啡，喝了一小口，感觉太烫，只能放下杯子，心里默默给自己打气：小子，不要紧张，要镇静！

"简单而言，元宇宙既包含了对现实世界的增强与延伸，又包括对过去世界、未来世界的嫁接和融合，以真实世界的现实场景为创作基础单元，以历史和现实时空为纽带，为每一个进入母元宇宙的人们提供更丰富精彩多元化的生活方式，对，这是真实的生活，不仅仅是游戏！"

　　　　　　　　　　元宇宙架构师

大明觉得自己发挥得十分完美，他脑子中响起一个声音：此处应该有掌声！

　　如果许婧妍在此刻看见我的高光时刻，就更完美了！

　　"我们不会是去尝试建立一个完全无序的元宇宙吧？"一个声音打断了大明的遐想，创意团队中的一个人问道。

　　"当然不是！"大明有点兴奋了，"我设想的母元宇宙应该是这样一个架构：首先，它的底层一定是数据层，这个数据层用于存储每个人在元宇宙的身份代码——也是每个进入母元宇宙的人的唯一身份账号。这个身份账号对应其在母元宇宙的虚拟数字身份，这个虚拟数字身份可以通过在母元宇宙的虚拟数字信用累积，对应拥有自己的虚拟数字资产。我设想，这个是属于构建母元宇宙的核心资产部分，元宇宙身份代码可能是一个量子身份密钥，是全球唯一性的东西，可以与人在现实中的身份证相对应。"

　　大明为了解释自己的量子身份密钥的概念，特意把许婧妍的画举了举，递给了创意团队中的一个人，示意他传阅一下。

　　"一个人在母元宇宙的账号可以有数个或者数十个虚拟数字身份，但不同的数字身份所发生的行为和所进行的社会活动，对其数字身份的数字信用累积有不同的影响，所有数字信用的累积存储入底层数据层，用作母元宇宙中每个人的阶层进阶和虚拟数字身份的转化凭证。"

大明突然鼓起一股勇气，他直接对那个漂亮的女秘书吩咐："我需要一杯水，最好是凉水。"

大明接着发挥说道："其次，母元宇宙的核心层是隐层，或者，我更愿意称为道层，用于建立元宇宙运行的规则与秩序——我们称之为母元宇宙原理，道层掌握修订原理的权力，但是，如果没有发生母元宇宙秩序的崩溃，母元宇宙原理一经确立，并不轻易修改。"

"能举例说明一下母元宇宙的原理吗？比如……"

"比如，在母元宇宙的虚拟数字身份人不能随意杀死另一个虚拟数字身份人，如果犯了杀人罪，他的数字信用等级和分值会降至母元宇宙的最底层。"

"如果那样，又会怎么样呢？"

"那将意味着他在母元宇宙已经社死，寸步难行。"

"那根据你的原始构思，他扔掉这个虚拟数字身份，不是仍然可以换一个虚拟数字身份继续在母元宇宙里生活？"提问的人显得有点咄咄逼人。

"这就回归到他在母元宇宙的量子身份密钥即账号只能有唯一一个，所以，他虽然可以转换虚拟数字身份，但

　　　　　　　　　　　元宇宙架构师

信用的累积或者阶层升降，会让他的账号最终被清零——如果他总是做坏事的话。"

大明注意到彦博在用眼神鼓励他，示意他继续。

"我有一个设想，现在是母元宇宙的构建早期，可以肯定的是，母元宇宙的构建在不同国家间将成为一个国际化竞合游戏。意思就是，最终，不同国家会产生不同文明、文化背景的母元宇宙，相互之间必然要形成一个母元宇宙共同体，或者称之为母元宇宙全球联盟，那么，初始母元宇宙的结构搭建就显得尤为重要，运行的规则设计是创立初始母元宇宙的核心。也就是说，谁的母元宇宙的规则制订得更好，谁就可能成为最终的赢家！"

大明把女秘书递来的水一口气喝完，接着说道：

"最后总结一下，通过日益成熟的 AR、VR、6G 网络、云计算、分布式存储、全息影像技术，建立一个与地球平行的虚拟数字化、可交互影响的母元宇宙，一个虚拟的云端数字化世界将成为可能。我推断，在未来十到十五年，无数的虚拟元宇宙可以汇聚成为一个全新的元宇宙文明，未来 2035 年可能成为元宇宙文明的元年。未来人类60% 的时间会在元宇宙中学习、游戏、交往、旅行、生活，那、那时候才是真正的元宇宙文明开启的崭新时代！"

大明因为激动而有点结巴。

"你的意思，谁能制订构建初始元宇宙文明的游戏规则，谁就掌握了元宇宙的未来？"创意团队中一个模样老成的人提问道。

"对！完美的回答！"大明大声回答道。

"我在想，我们在现实世界已经有很多不如意了，很明显，它并不完美。而现在我们费尽心机，创造一个虚拟的不完整的现实世界，有意义吗？会有人感兴趣吗？"创意团队中一个瘦高的年轻人大声说道，团队中有人发出略带嘲讽的轻笑。

"当然有意义！正因为现实世界是不完美的，所以才更需要建立这样的元宇宙。而且，现实世界是线性走向的，也就是说，过去的事就永远过去了，我们只能回忆，而元宇宙就能给你回到过去的机会。比如你在高中里谈了一场轰轰烈烈的恋爱，你永远失去了自己最爱的女生。好了，你现在来到元宇宙社会，你知道自己可以再来一次，而且，有别人的虚拟数字身份来配合你，你可以弥补因曾经青涩造成的缺憾，或者，你可以更勇敢一点，在那个月亮当头的夜晚，把告白成功的心爱女孩抱起来转圈。"大明讲得激情澎湃，自己都被自己感染了。

全场响起一阵笑声，随后，大家陷入了思考。

见赵彦博的核心创意团队良久无语，大明明显感觉到，他们被自己的创意震撼到了。

这时，赵彦博呷了一口咖啡，轻描淡写地说了一句："你们都说说看。"

有一个女声，声音明显不那么底气十足，说道："建立这样的元宇宙，我们如何盈利呢？仅仅靠收取一点流量费，我们一定会破产的！"

大明还没张嘴回答，见赵彦博冲他比画了一个手势，大明聪明地没有出声。

那个模样老成的人再次说话了："老板，这个太难了，我估量了一下，按这个创意走，仅实景搭模恐怕就需要五千台以上的超大型服务器联网。如果上线运行，假设有一万个人同时在线，每个虚拟数字身份人全息影像产生的交互感应行为，需要至少五千兆以上光纤网络的支持，如果十万人同时在线呢？百万人呢？这是在烧钱啊。"

赵彦博没有回答他，看向其他人。

"老板，如果按……你叫什么？"

"叫我大明就行。"

"噢对，大明，如果按大明的想法，我们要对现实地球的真实全景进行高清扫描录像，我们不用太多，假设建十个真实场景的模型，恐怕我们现有最大的主机就转不动了。当然，他的这个想法对于未来参与母元宇宙的用户体验感肯定会非常好。"

赵彦博终于发话了，他的声音不高，情绪也非常平和，但每个字都显得分量十足："钱不是问题，技术也不是问题，我只想问你们，他的设想能不能实现？"

"从技术上讲，完全可以实现！"那个模样老成的人十分肯定地回答。

"你们想不想干？"

一片沉默。

"好了，今天你们不用回答我，我们改天抽时间专门讨论这件事。"赵彦博结束了这次会议。

赵彦博领着大明再次回到他的办公室。

"刚才那个问题我不希望你在那个场合回答，现在，你告诉我，按你的设想，我们若是建立这个现实文明的孪生数字世界，如何盈利？"赵彦博的目光聚焦在大明身上。

"这个我没有完全想好，不过，我的答案是，最有价值的是量子身份密钥。在母元宇宙的底层数据库中，所有子元宇宙的量子身份密钥将是未来世界初始元宇宙文明最核心的数字化资产。"

赵彦博会心地笑了。

"周凯明，我的元宇宙世界，欢迎你来！来吧，一起来改变世界！"赵彦博对大明发出了诚挚的邀请。

大明被赵彦博的气魄和直截了当搞蒙了。他只是依稀记得，赵彦博为他规划了一个美妙的人生前景。

"元宇宙架构师，对不起用了你的创意，你若来我这里，我给你一个中级元宇宙架构师的职位，月薪税后二十万；如果你干得好，可以升级为高级元宇宙架构师，月薪税后五十万。"

大明问："有最高级别的元宇宙架构师吗？"

"有至尊级元宇宙架构师，是我，赵彦博，我的月薪一元，不是亿万的亿，是一二三四的一，因为到这个级别，我们仅从股权分红中取得收益。"

大明想，高考后如果运气不错，考上了大学，但四年大学念完后，能找到一个月薪丰厚的工作吗？高级元宇宙架构师的月薪是税后五十万，干满两年可以在北京买房了！

但是大明忍住了自己马上答应他的强烈冲动。

"我仔细考虑一下再回答您。"大明再一次转身离开。

这次，大明把惊讶扔给了赵彦博，心里升起一丝报复的快感。

六

大明把与赵彦博见面的经过告诉了大迪。

"太牛了！"大迪一边大喊，一边用力地拍打大明。大明感觉自己的后背要被这个夯货拍肿了。

"你答应他啊！"大迪对着大明大吼道。

大明苦笑地摇摇头，他在想，如果自己去干这个元宇宙架构师，他那严谨本分的父亲一定会骂他不务正业。大明知道自己没办法跟父亲解释，估计父亲也完全听不懂。

但是大明心里升起一个野心——我自己干！

我先找愿意投资的人拉赞助，但是还得拼命复习不能耽误高考。拉赞助和努力学习两不误！

"你疯了？"大迪听了大明袒露的心声，眼睛瞪圆了。

"我没疯，赵彦博说得对！未来属于有想象力的人。他的元宇宙已经非常宏大完整，不需要我这一个，多一个少一个都无所谓。"大明语气坚定地对大迪说道，"我的元宇宙，我自己来构建，然后卖给一个大公司，腾讯、阿里或者别的什么大企业。我要组建自己的工作室，你，大迪，还有许婧妍都是我未来的合伙人。"

大明心底有一个小小的野心没有告诉大迪，他希望自己成为至尊元宇宙架构师。

大明是一个说干就干的人，他上网找了很多家动画制作公司询问了一下价格，了解到制作一个四分钟左右的动画视频需要三到五万元。大明暗自筹划了一下，先借五万元做视频，然后等高考结束，自己可以打工挣钱来还，或许只要自己考上大学，还能从父亲那里借来一两万，这笔五万元的创业经费就可以很快还清！

那么，先向谁借这五万元呢？

七

高考终于结束了。

大明的父亲一直追着问："儿子，你觉得考得怎么样？"

大明有点恼火，不耐烦地回答："还行！老爸求你别问了！"

大明感觉高考前两三个月到现在，脑袋一直蒙蒙的，睡觉也睡不好，跟谁说话都心烦。

大明的父亲则非常开心，他对大明说："晚上等我，我给你买最爱吃的羊蝎子，咱爷俩儿在家里起锅煮着吃，为你庆贺一下。我还有一个礼物要送给你。保证你喜欢！"一向老实严谨的父亲竟然卖起了关子。

大明感觉太困了，他现在只想睡觉。回到家里，大明把自己扔在了床上，没翻身就已经进入了梦乡。

晚上，手机铃响了，在安静的屋子里显得尤其刺耳。是父亲打来的，大明不耐烦地接起了电话。

"大明，快来安贞医院急诊室，我是你孙叔。"电话里传来孙叔的声音，他是父亲的老朋友。

"孙叔，我父亲怎么了？"大明听得心里一紧，睡意顿消，赶紧问道。

"你来了就知道了。"电话挂断了。

大明看了一下时间，恰是半夜一点，一种不祥的预感向他袭来。大明着急忙慌从床上起身，正好睡的时候没脱衣服，他出了门蹬着父亲的老自行车直奔安贞医院。

大明在安贞医院急诊室里见到了正躺在急救床上输液的父亲，旁边站的是孙叔孙斌。大明几步赶到孙斌面前问道："孙叔，怎么回事？我父亲怎么了？"

元宇宙架构师

孙斌则是一脸的懊丧:"唉,大明,你来了就好!我们不是几个老朋友小聚嘛,大家高兴,听你父亲说你高考考得不错,就一起喝了几杯。"

正说着,一个白大褂医生走了过来,问道:"谁是周铁军的家属?"大明赶紧应声:"我,我是,我是他儿子!"

医生递给大明一个签字单说道:"病人周铁军需要马上洗胃,你签个字吧!"

大明一听,感觉脑袋都要炸了。"大夫,为什么要洗胃?我父亲怎么了?"

那医生白了大明一眼,又看了一眼站在旁边的孙斌,说道:"喝酒喝太多了,酒精中毒。"

凌晨三点,大明的父亲从昏迷中醒来,看见守在床边的大明,不禁有些惭愧:"儿子,爹给你添麻烦了!"

大明听见父亲这么说,眼泪差点掉下来,赶紧说道:"老爸你说的什么话!你告诉我,你干嘛要和孙叔叔他们拼酒啊?"

大明的父亲把脸侧向一边,低声喃喃自语似地说道:"儿子,你这次考试给你爹长脸了。你知道,我这辈子很失败。现在看见你出息了,我就开心,我就是想帮你圆一个梦。"

大明知道父亲所说的失败指的是与母亲离婚的事。但大明还是不理解。

"老爸，你先别说过去的事。我还是不明白，我高考考好了，你干嘛要和孙叔他们拼酒？"

大明的父亲声音更低了："我这不是想送给你一个惊喜嘛。"大明更疑惑了，继续仔细地聆听。

"我在网上查了，买一台瑞士的山地车要四万多，就是你最喜欢的那款，你高考考好了，我就想买了送你，想看你骑着这款车进大学校园里兜风。我手头钱不够，想问几个酒友借一点，他们起哄说我多喝几杯就行。"

大明想起来了，他在初二时喜欢看环法铁人三项赛，他觉得那些运动员戴着头盔骑上赛车特别拉风，没想到自己随口说过的一个小小心愿，父亲一直记在心里。

大明的父亲还在低语："我也没什么积蓄，你知道你奶奶去世的时候，我为了买一块能把你爷爷奶奶葬在一起的好墓地，花了十几万吧，唉，当时就把积蓄花得差不多了。"

大明记得，陪着父亲去给奶奶扫墓时，父亲对他说过："大明，这块墓地是我精心挑选的，我死后，你爹我只有一个愿望，就是把我和你爷爷奶奶葬在一起。”

看着病床上再次熟睡的父亲，大明一直强忍的眼泪止不住一滴滴成串落下。他突然感到深深的愧疚，这么多年来，父亲一直像一座山挡在了他的前面，把所有的风雨、麻烦和困难，用自己并不伟岸的身躯竭尽全力地抵挡在外，让自己无忧无虑地成长。大明见过父亲年轻时的照片，那时候的父亲是一个意气风发的帅小伙子。现在父亲才四十六岁，却已经两鬓斑白，像一个六十多岁的老人。

大明痛苦地意识到，自己从来没有深入了解过父亲的内心世界，而是残忍地把父亲当作做饭的炊事员和花钱的提款机，也从来没有试图去理解父亲所经历的、所承担的一切，直到——父亲扛不住倒下时，自己才看到了生活的真实面貌。

清晨，大明从安贞医院出来，急匆匆往家里赶。当他路过一个巷口，耳边传来了汪峰唱的《北京，北京》。

“我们在这儿欢笑，我们在这儿哭泣……”大明突然听懂了这首歌所透出的深邃和苍凉。

大明在一个废弃的厂房里深一脚浅一脚地走着。

他在破旧厂区的一个二层小砖楼里，终于见到了父亲原工作单位冶金机械器件厂的厂长，一个四十来岁戴着眼镜的中年男人。

"你是周铁军的儿子周凯明？"厂长紧皱着眉问大明。

大明点了头，语气肯定地说："嗯，我父亲让我来找您，您是钱弘毅钱叔吧？"

钱厂长说道："是，要论起来，你父亲还是我入行的师傅呢。"

大明略显尴尬地笑着说："钱叔您太客气了！我这次来找您实在是没办法。这不，我父亲急病住了院，他住院的钱现在还是几个朋友垫付的。我想您能不能让厂子的财务先帮我父亲报销一些医药费。"

大明看到钱厂长额头上的青筋暴了起来，脸色变得十分难看，大明有点不明就里。

"大明，不怕你笑话，厂子现在没钱。"钱厂长憋了半天，终于吐露实情。

大明被惊得无法接话，一个好几百人的厂子，怎么会没钱？

钱厂长示意大明坐下，继续说道："你知道，这几年厂子效益不好，厂子的主要设备车间都迁到河北了。当时你父亲跟厂里提出申请，说是为了照顾你高考，希望提前

　　　　　　　　元宇宙架构师

办内退，厂子里也答应了他的请求……"

大明听得心里发凉："钱叔，您不会是说，我父亲已经不是厂子里的人了吧？"

钱厂长苦笑了。"大明，这个你多虑了。你放心，你父亲是我厂的元老级员工，他生了大病，我们厂子一定管！"

大明垂头丧气骑着父亲的老自行车，在阳光灿烂的午后一路向着安贞医院奔去。路上，钱厂长最后安慰他的话还在心中反复响起："如果我们厂的土地被挂牌拍卖，厂子就有钱了。大明，你再等一等！"

大明找到一家快递公司面试快递员。快递公司一个长着娃娃脸的片区负责人问他："你连一个电三轮都没有，跑快递有什么优势？给我说说看。"

大明没想到自己一个堂堂的准大学生竟然被快递员小瞧了，但他知道既然要赚钱，就要忍得住羞辱拉得下脸。他对那个娃娃脸说道："北京大街小巷，没有我不熟的地方，你不信，现在就可以考考我。"娃娃脸摇头说："看你这么有把握，我不考你，但你不能骑着自行车送快递啊。"

大明说道:"您瞧,我一个高中毕业的穷学生,也没钱,我可以把身份证押给您,您借我一辆电三轮,我先跑一个礼拜,如果业绩还行,您就继续用我。如果业绩不行,钱我都不要了,我立马滚蛋,不劳您轰我走。"

大明终于如愿成为一名快递小哥,他第一周的业绩就超过片区所有同行。娃娃脸很开心,不但把身份证还给了他,还让大明多承包了几个街道的业务。

当大明领到靠自己打工赚到的第一份工资时,激动得快要哭了。

一个多月过去了,父亲的病情有了极大的好转。大明怕家里的条件不利于父亲的恢复,坚持让父亲继续住院治疗。父亲的老朋友孙斌等几个人可能是出于愧疚,也纷纷表态帮大明父亲住院的垫资可以暂时不还。从快递公司赚到的一万多工资也暂时没处花,大明突然觉得自己富裕了起来。

大明想起了自己曾经的筹划:用三到五万创业启动金先把自己的元宇宙构想用动画形式表现出来。

现在,父亲的病情趋于稳定,可以请一个保姆全天照

元宇宙架构师

顾，而自己白天继续去跑快递，一个月后再付保姆工资。那时候说不定厂子给父亲报销的药费也能到账，这样，只要借两万元，他的梦想就可以启动了！

大明毫无意外地想到了死党大迪，他想起来近期由于自己在医院照顾父亲加上跑快递，忙得昏天黑地，很长时间没看大迪的朋友圈了，而许婧妍也很长时间没有更新朋友圈了，不知道他们在忙什么。

大明看了一下大迪的朋友圈，见这个小子正在炫耀自己在三亚蜈支洲岛潜水的照片。大明在底下点了一个赞。大迪很快给他回了一句：快点来！

大明径直从微信回了他。

"不要太爽吧你！"

大迪故意气他，回道："羡慕嫉妒了吧？"

没等大明回答，大迪又发了一段语音：

"大明，你最近不知道在忙啥，我发了那么多照片在朋友圈，你就给我点了一个赞。"

大明干脆跟他挑明了："最近家里有点事，心情不太好。"

大迪那边沉默了一会儿，发来一段语音："大明，你小子需要钱了吧，直说吧，你需要多少？"

大明有点意外，他回了一段语音："你怎么知道的？"

大迪发了一个大笑的脸。"我还不知道你，你是一个极要面子的人，什么事都爱自己扛。你若说有点事，就不是小事。"

大明有点感动了："真是哥们啊，你太了解我了！"

大迪的语音又过来了："我怕你不好意思张嘴，直接问你，你也就别扭捏，你快说，准备借多少，我一会儿要去潜水了。"

大明犹豫了一下，问道："两万，行么？"

大明在一家商务会馆里找了一家动画制作公司，公司规模不大，员工也就二十几个年轻人。大明找到公司的负责人——一个扎着马尾辫的年轻男子，两个人从中午一直聊到晚上，大明在一份合同上签下了自己的名字，并把两万元打入那家公司的账户。

大迪跟着父母从三亚度假回来，他明显晒黑了。

大明拉着大迪在自己的电脑前，看了刚刚从动画公司取回来的元宇宙动画，大迪看得格外认真。

"动画效果有点糙，不过要表达的意思我懂了。"大迪看完后，摇着头说道。

大明热切地问道："你觉得我这个动画加元宇宙的创意，会有大公司感兴趣吗？"

大迪的表情很严肃。"不好说，现在这个概念炒得太热了，强手如林，你只能去碰碰运气了。"

大明对他的回答很失望。但大明心里清楚，大迪是不愿意撒谎的人，他的直觉也许就是未来最真实的市场反应。

大迪不愿意看大明失望，于是又出了一个馊主意。

"我觉得吧，大明，你可以尝试把你的复合平行元宇宙的构思卖给世界首富。"

"你是说马斯克？"

"对，就是马斯克，他不是准备在火星上建立一个属于自己的城市吗？"

赶在大明的父亲快出院前，大明的快递员工作丢了。

那天，两个快递小哥在一个十字路口撞在了一起，大明就是其中一个。

大明的手机在地上翻着跟头摔出老远，等大明把手机捡回来看时，手机完全黑屏了。

大明赶紧找了一家手机维修点送修，负责维修的小哥说手机可以修好，但有些数据可能会丢。

大明的快递工作第二天就丢了，因为撞了人，手机也黑屏了，导致大明耽误了当天的很多派单，快递公司的娃娃脸愤怒地辞退了大明。

八

接父亲出院后，大明觉得自己累极了，他倒在家里的床上，狠狠地睡了一天一夜。

终于，这一天，有个好消息传来。

高考结果新鲜出炉，大明考入了一所重点大学，学校就在北京。

出了院的父亲高兴得逢人就夸。

"我儿子考上了全国重点大学！"

大明则有点沮丧，他回想起自己答数学卷子时大脑一片空白，肯定考砸了，最擅长的语文也没来得及写完作文。如果发挥正常，也许能进一个更好的大学。大迪那个夯货倒是发挥非常出色，考上了人民大学。

大明到大学报到了。

在宿舍安顿好行李后，大明骑着新车在学校里转悠，不免有些失望，学校校区太小，宿舍又很破旧，这个学校怎么会是重点？大明不理解。

大明再次想起了自己的元宇宙计划，他干脆趁刚报到没什么事，骑着车直奔自己的手机维修点。运气的是，手机刚刚修好了，不过，负责手机维修的小哥说，很多数据丢了，需要重新录入。

大明听得一身汗，瞪着维修小哥说道："我没来得及备份以前的东西，尤其是通讯录！"

维修小哥耸耸肩："那没办法，你的手机摔得太重了，能修好就不错了，你以前的通讯录慢慢补吧。"

大明一把从小哥手里拿过手机，一顿翻，赵彦博的手机号码没有了！许婧妍的电话、微信也都没有了！

大明有点气急败坏地问维修小哥："你这是给我修了一个什么玩意儿？"

维修小哥慢条斯理说道："你别急，先试试能不能拨通电话，看看能不能用。"

大明看见大迪的手机号码还在，就拨通了他的电话。

那边电话铃响了没两声，大迪就接了电话，他的声音听上去很开心："大明，我在人大的校园里认识了几个新同学，他们都爱踢球，你来我这儿我介绍给你认识！我先挂了啊，这儿有点事。"

大明失落地挂了电话，维修小哥说道："你到维修前台交钱吧，能通电话就能用了，其他我也没有办法。"

大明骑着车回校园，一路上都在想，手机摔坏了，通讯录的数据丢失可以理解，微信里的好友怎么会没有呢？摔坏的是手机，也不是微信应用啊。

猛然，大明想起自己存储元宇宙动画视频的 U 盘，于是一转弯骑车回了家。

回到家中，没看见父亲，估计是出去遛弯了。他赶紧在自己的卧室里翻箱倒柜地找 U 盘，大明记得那个 U 盘外面贴了一张写着"高级机密"四个字的胶带。

终于，大明在书包的内夹层里找到了那个 U 盘，他长吁一口气，赶紧把 U 盘插入家里的老台式电脑。打开 U 盘，发现 U 盘里存的竟然是十几首老歌，全是父亲最喜爱的刀郎的歌曲。

大明彻底蒙了。

难道是我做了一场梦？大明在心里问自己。

他带着满腔气恼与不甘心，再次拨通大迪的电话。大迪刚接了电话，大明就气势汹汹地问道："我跟你说过的元宇宙架构师，你还记得吗？"

"元宇宙架构师？什么新鲜玩意儿？游戏吗？"电话里的大迪莫名其妙。

大明气疯了，他直接挂了电话，骑着自行车气冲冲进了人大校园找到大迪。

"你脑子进水了？"大明一见到大迪，就劈头盖脸扔给他一句。

"你脑子才进水了！"大迪被骂得莫名其妙，马上反击他。

"我问你，三个月前，我跟你讲元宇宙架构师的事，你忘了？"大明也不解释，径直问道。

"没有啊，你什么时候讲过？"大迪被问得一脸茫然，这个事他不会撒谎。

大明有些恍惚了，看来真是我的问题？

大明的父亲从医院回家后，大明主动把家务承担起来。这天下午，阳光灿烂，大明的父亲感觉身体不错，独自走出去遛弯。大明一边在家里准备做晚饭的材料，一边打开了电视。北京台的一档直播节目吸引了大明的注意，电视里，一个女主持人正在采访赵彦博，只见赵彦博侃侃而谈。

"未来的世界是由想象力构筑的。我的公司未来主攻的方向是对元宇宙的开发研究。我这里也设置了一个职位——元宇宙架构师。"

大明听得心里扑扑地跳。

"她是我的元宇宙架构师，小曼，你来介绍一下。"

大明看着赵彦博身边被称为小曼的姑娘，差点叫出声来，这不是大迪姑姑的女儿许婧妍吗？

大明走近电视仔细看，家里的老电视效果不太好，小曼与许婧妍应该不是一个人，但长得的确有点像。大明赶紧在微信里问大迪："你姑姑的女儿现在在哪里？"

没两分钟，大迪回复了："我姑姑只有一个儿子，他去英国读书了。"

大明苦笑地摇摇头，看来是我错了。

大明继续看电视，只听女主持人问："元宇宙架构师？这个职位听上去很新潮，收入高吗？"

"小曼，告诉她。"赵彦博的脸上露出有点小得意的表情。

"收入还可以。"小曼的笑容迷人。

"还可以是怎么个可以，不妨给观众们透露一下。"女主持人发挥死缠烂打的功夫。

小曼看了赵彦博一眼，赵彦博直接插话回答："月收入六位数以上，税后收入。"

这时，导演为了播出效果，特意给女主持人一个特写镜头，女主持人露出夸张的惊讶表情，在镜头放大下，她漂亮的脸铺满了屏幕，竟然显得有些狰狞。

大明在心里默算了一下：一个月净收入六位数以上，还真可能是二十万元一个月。

电视里，赵彦博还在口若悬河："这将是一个全新的世界，一个建立在云端的虚拟数字化世界，我希望更多有想象力的年轻人加入我们的团队，来吧，让我们一起改变世界……"

第二天早上六点，大明起了一个大早，他在又一顺饭店吃了早餐，给父亲打好了早点送回家里，然后骑上老自行车，直奔校园去了。

天边的云彩染着朝阳的霞晖，呈现出粉嫩的红色。大明感觉，一个全新的世界正在为自己打开。

宇宙烟花树

公元 2379 年。

地球上最后一只海豚死亡了。

在面向全球的直播中，这只孤独的老海豚在大洋深处优雅地反转起身躯，渐渐沉入海洋无边无际的黑暗中。

无数地球环境保护者在电视前看着直播，很多人掩面痛哭起来。直播中，一位全球环境问题治理研究专家面对记者的采访侃侃而谈："海豚的消失是人类文明导致的悲剧。两个世纪以来，世界各国为了发展本国经济，对地球进行了超量的二氧化碳排放，根据研究机构的数据，海水的酸度在近五十年增加了 50%，因而导致大量海洋物种灭绝，这是自工业革命以来，人类面临的最大的全球性环境危机。"

公元 2380 年。

世界各地普遍出现了长期持续干燥的高温天气，欧亚非美各大洲部分地区的气温高达 70℃，陆地上的许多河流和湖泊逐渐干涸，淡水缺乏成为各国面临的普遍难题。而海平面的上升，造成全球气候难民多达五个亿，部分传统的海岛型旅游度假胜地消失了。热穹现象越来越成为常态，让世界各国在面对全球性的环境灾难面前，不得不携起手来研究对策，在中国和南美各国的积极倡导下，"布宜诺斯艾利斯全球气候灾害及应对大会"开始紧锣密鼓地筹备起来。

就在全球环境危机愈演愈烈、海洋物种消失了几百种的情况下，全球排名前十的国际大都市豪华五星酒店的寿司餐厅里，仍然有炫富者坚持吃深海刺身，深海刺身的价格已经暴涨到 500 万元一盘，即便如此，华尔道夫酒店最著名的寿司餐厅的深海刺身预约订单也排到了 2381 年。

公元 2380 年 7 月，一个异常炎热的夏日，布宜诺斯艾利斯全球气候灾害及应对大会即将在阿根廷首都布宜诺斯艾利斯召开。远在大洋彼岸的中国香港，凤凰之声的女记者唐萱萱接到电视台领导的指示，准备带队对布宜诺斯艾利斯全球气候灾害及应对大会进行采访报道。

接到指示后，唐萱萱非常激动，这是她从事记者工作以来，第一次进行独立采访，而且采访的专题由她自己拟定，唐萱萱兴奋得夜不能眠。

晚上十一点，维多利亚湾鳞次栉比的高楼灯火璀璨迷人，唐萱萱正在线上采访即将参加布宜诺斯艾利斯全球气候灾害及应对大会的巴西代表。

"不到两年时间，亚马孙雨林的燃烧，让2000万公顷的森林消失了……过去的一年，灭绝了三百二十个物种，几乎平均每天一个。"巴西代表悲痛而无奈的发言深深刺痛了唐萱萱。

做完采访，编辑好视频，唐萱萱关了电脑，出了办公室的门，看了看表，已是凌晨两点，又一个晚归之夜。

"萱萱，我带你去吃宵夜好不好？"

唐萱萱扭头一看，摄影师庞中旭正笑着走过来。

"好啊。"唐萱萱一甩长发，笑着回答："打算带我去哪里享受美食？"

庞中旭右手攥拳，略带夸张地做出兴奋的样子："能有幸请萱萱大美女与我一起出门品尝美食，当然要精心挑选一个地方！"

"别贫嘴了。"唐萱萱忍不住笑出了声，"快告诉我吃什么，免得本公主改主意。"

庞中旭举起手机向唐萱萱晃了晃："我刚刚搜索过了，今晚的美食组合：尖沙咀虾子面和鸡蛋仔，如何？"

唐萱萱伸出手臂与庞中旭在空中击掌，"完美！出发！"

在一家老字号的店里，唐萱萱与庞中旭正吃着面，唐萱萱的手机发出一阵震动。

唐萱萱拿起手机接通了视频通话，视频那一边是电视台的节目主编吴亚琼。

"萱萱。"

"亚琼姐，这么晚你还没睡？"

"有个十分重要的事情，我第一时间就想到了我们的全能战士萱萱。"

唐萱萱笑了："别卖关子，亚琼姐快说。"

"凶的咧，你该怎么感谢我？"吴亚琼在手机屏幕里笑。

"什么事就感谢？"

"保证你这个大牌记者满意。"

"快说嘛快说嘛。"唐萱萱开始施展撒娇的绝技。

"唐书启。你的本家哦,这个名字熟悉吗?"

"有印象。"唐萱萱对这个名字不熟悉,她在脑子里飞快地寻找。

"赶快补补功课,领导让你主持采访布宜诺斯艾利斯全球气候灾害及应对大会,你如果不知道唐书启可要被人笑话了。"

唐萱萱笑了:"亚琼姐,你再拿我开心我就去跳香江。"

"怎么敢?领导最器重的新生代记者,好了,不贫嘴了。"吴亚琼收敛了笑容说道,"这次大会,有一个最重要的高峰论坛,叫全球环境保护及灾难应对专题部长级峰会,唐书启作为特邀嘉宾即将出席部长级峰会并作专题演讲。我通过特殊渠道了解到,他现在人正在香港。"

唐萱萱兴奋地叫出声了:"亚琼姐你太棒了!我爱你!亲一个。"

"别了,把你宝贵的初吻留给你的男朋友吧。"

唐萱萱笑得花枝乱颤。

"我还打听到了唐书启教授的行程安排,他大后天飞阿根廷,航班号我一会儿就发给你。你赶紧订机票,争取跟他一个航班,能不能争取到采访机会就看你的了。"吴亚琼最后叮嘱道。

阿根廷。布宜诺斯艾利斯。

布宜诺斯艾利斯全球气候灾害及应对大会已经开幕，全球 180 多个国家的代表均已出席，世界上具有全球影响力的大国领导人纷纷通过视频致辞。欧洲联盟国、阿拉伯联盟国、中国、印度、北美各国、俄罗斯、巴西、埃塞俄比亚等大国代表陆续抵达，准备就保护地球环境、使用清洁能源签署一份重要协议。这个影响地球未来一百年的"布宜诺斯艾利斯全球环境保护公约"，共涉及五个主要议题，包括：

1. 对于马里亚纳海沟的共同保护与开发。

2. 对于北极生态圈的保护，避免北极环境恶化的保护公约的签署。

3. 对于南极生态圈的保护，避免过度开发南极的协议签署。

4. 对于亚马孙雨林资源和物种的保护。

5. 全球清洁能源的使用和碳排放额度再分配协议签署。

其中，第五项议题是最重要的，也是世界各国代表最为重视的议题，最终达成的协议，是在长达一个月的争吵、谈判、沟通、忍让和妥协中产生的。

会场外，有数万抗议者在游行，他们堵住了城市的交通干道开始跳舞唱歌，有组织者带领团队整齐地高喊：
"收起虚伪！保护地球！停止分歧！马上行动！"

　　会场内，对于清洁能源的选择和使用、全球碳排放额
度再分配等很多关键问题，各国与会代表发生了分歧，迟
迟不能达成一致。中国、东盟各国、日本、韩国、东亚文
明经济圈的各国倾向于使用可燃冰和太阳能作为清洁能
源，北美各国和欧洲联盟国则倾向于合理利用及开发火山
资源。此时，科技的进步已经让人类可以管控火山喷发的
强度和烈度，从而获取价格低廉的火山天然能源，但火山
占用的碳排放指标与额度一直是众多国家代表关注的焦点
问题，各方代表为了争取本国利益的最大化，使尽浑身解
数力图说服其他各方接受自己的提议。

　　中国香港。
　　中国新锐天体物理学家唐书启教授收到全球环境保护
及灾难应对专题部长级峰会论坛的邀请，准备乘坐国际航
班飞往布宜诺斯艾利斯。
　　唐书启带着自己年轻的助理董钧顺利登机后，在一位
美丽的空姐的帮助下，放置好自己的行李箱，喝了一杯橙
汁，开始闭目养神。他没注意到，已经有一双眼睛在紧紧

盯着他的行踪。

　　唐萱萱得到吴亚琼的指点，订了与唐书启同一架的国际航班。一上飞机唐萱萱就有点懊恼，她的座位太靠后，与唐书启乘坐的商务舱离得很远。飞机舱门刚一关闭，唐萱萱的心里就焦急起来。不过，让她开心的是，她偷偷去商务舱进行环境侦察时，看到了正在闭目养神的唐书启。

　　飞机在飞行了十几个小时后，终于平稳落地。

　　飞机还在跑道滑行时，唐萱萱就打开手机给庞中旭发了一段微信语音："胖子，不能丢了唐教授，我的行李箱你帮我拿上，舱门一开，我先下飞机追唐教授。"

　　飞机终于停稳了，飞机上人们开始纷纷起身，从行李架上拿行李，准备排队出舱。唐萱萱仗着身材玲珑，挤过正站在飞机过道排队的人们，在众人的侧目中，她终于挤到了靠近飞机商务舱的位置。

　　飞机舱门一打开，唐萱萱就一路小跑冲下飞机，跑到了机场大厅，她远远看见唐书启正推着行李箱大步流星地向前走，她急忙一路小跑追上唐书启。

　　"唐教授，唐教授！"

　　唐书启一扭头，看见一个陌生的靓丽女子正在冲自己微笑，他有点惊讶地问道："我们认识吗？"

唐萱萱笑了，回答道："我是凤凰之声电视台的记者，我也姓唐，与您是本家。"

唐书启不禁礼貌地微笑："五百年前，呵呵，是的，是一家人。"

看他的反应如此平淡，唐萱萱想，他应该是觉得自己的这个搭讪有点拙劣，但顾不了那么多了。

"唐教授，我希望您能给我一次采访机会。"唐萱萱向唐书启发出热切的恳求。

"今天恐怕不行，飞机已经晚点了，我还有急事。"唐书启摇头拒绝了唐萱萱。

唐萱萱的反应非常快："您是赶去气候峰会现场吗？我也是去那里。希望您给我一次采访机会，不会占用您太多时间。"

"你也去峰会？"唐书启觉得眼前这个靓丽女记者的弯转得太快了。"那你我可能都要迟到喽。"唐书启故意逗了唐萱萱一句，他还是没有答应唐萱萱的采访请求，继续推着行李箱大步流星向前走。

唐萱萱感觉自己有点跟不上了，她扭头寻找庞中旭，从下飞机的人群里却看不见那个庞胖子的身影。唐萱萱赶忙掏出手机拨打电话，结果她被身后一个身材高大的小伙子撞了一下，那个帅气的小伙子用标准的普通话连声向她道歉："对不起！对不起！没撞坏你吧？"

唐萱萱生气地瞪了那小伙子一眼，向旁边让了两步，希望那个小伙子赶紧走过去。一不小心，唐萱萱崴了自己的脚，她疼得尖叫了一声，吓得那个正在道歉的小伙子停下脚步，怔怔地看着她，不知道发生了什么。

偏偏这时摄影师庞中旭的微信语音发了过来：

"大小姐，你把行李都扔给我，总得允许我上个厕所吧。"

唐萱萱气得在心里直骂笨蛋，她不愿意错过千载难逢的采访时机，干脆一不做二不休，脱下高跟鞋，一瘸一拐去追唐书启。

那个撞了她的帅哥关切地一路小跑追着她问："要不要我帮你？"

"不用！谢谢！"唐萱萱不屑地瞟了那个高个子帅哥一眼，拎着高跟鞋，忍着脚下的疼痛继续跑着狂追唐书启。

当她气喘吁吁再次追上唐书启时，唐书启被眼前这个敬业执着的小姑娘打动了，他放慢了脚步，扭头对唐萱萱说道："小唐本家，我今天的行程安排得非常紧，不过，你可以到部长级峰会论坛找我。"

"太好了！谢谢您唐教授！"唐萱萱高兴得在心里给自己打了一百分。但唐书启一皱眉，紧接着说道："可是你没有邀请函，部长级峰会论坛你进不去。"

他的这句话，让唐萱萱的心从万米高空径直跌到了谷底，她赶紧问唐书启："那我该怎么办？"

唐书启一扭头，指了指唐萱萱的身后说道："这样，你可以跟我的助理加个微信，让他想办法带你进去。"

唐萱萱扭头一看，那个刚才撞她的高个子小伙子紧跟在她后面，冲她顽皮地一笑。

布宜诺斯艾利斯。

全球环境保护及灾难应对专题部长级峰会论坛现场，峰会论坛马上就要开始，唐书启身着一身熨烫得笔挺的深灰色西装，显得十分精神，他一直在打跨洋长途电话。

"唐教授总是这么忙吗？"看着唐书启忙碌的身影，唐萱萱感觉自己很难插空采访到他，于是忍不住问那个撞她的高个子帅哥——唐书启的助理董钧。

董钧在一旁点头，善解人意地问："你担心自己的采访会泡汤？"

唐萱萱尽力挤出一个微笑，没有回答他。

在赶往会场的路上，唐萱萱董钧加了微信，两个人一交流，没想到还是校友，董钧比唐萱萱大两届。

似乎看出来唐萱萱心中的焦急，董钧在一旁提醒她：

"若想采访唐教授，你需要了解很多天体物理学的知识，你的物理学得怎么样？"

"我物理学得不好，就记得宇宙诞生于 138 亿年前的一次大爆炸，大爆炸前的宇宙是一个宇宙奇点，大爆炸后的宇宙一直在膨胀。"

董钧专注地看着唐萱萱，笑着说道："嗯，你刚才说的是近三百年来一直占据天文学主流的古典宇宙大爆炸理论，可以给六十分，我继续给你扫扫盲吧。"

唐萱萱被董钧专注地看着，感觉自己的耳根有点发热。

"三百年多前，传统天体物理学界对宇宙一直是这样的认识，宇宙从一个奇点爆炸后，一直在飞速膨胀。同时，科学界普遍认为宇宙空间的每立方厘米仅有几个质子，接近绝对真空。但是，近一百年，天体物理学的理论和研究有了长足的发展。根据近三十年各国天文学家、物理学家的最新研究成果，公认的理论是宇宙的所谓真空，

　　　　　　　　　元宇宙架构师

其实充满了携带暗能量的暗物质粒子。"

董钧停顿了一下，继续说道："并且，根据最近十年当代天体物理学的研究成果，我们知道我们存在的宇宙是一个有边界的巨型宇宙，是一个近乎长方体的无比浩瀚的宇宙。一个著名天文学家，对这个有边界的巨型宇宙有一个形象的比喻：'一个充气大床垫'。而这个'宇宙充气大床垫'，是长一千亿光年，宽五百亿光年，高三百亿光年的巨型宇宙，它是在 138 亿年前从一个宇宙奇点的大爆炸中产生的。"

唐萱萱乖巧地点头说道："听懂了，比我的老师讲得明白。"

董钧被她的幽默态度逗笑了，接着说道："还要补充一个重要的概念，八十七年前，中国天文学家邓希文提出一个熵增极限常数的概念，即宇宙混乱无序到一定程度，将走向无序的反面，但不一定是有序。这个熵增极限常数是当代最重要的天文学新概念。"

董钧再次停了下来，让唐萱萱先消化一下，然后说道："概念的核心就是熵增有上限，不会无限大。这个概念现在已得到当代科学界的普遍认可。注意这个熵增极限常数，唐教授过一会儿在部长级峰会上会讲到。"

这时，唐书启挂了电话，他扭头叫了董钧，董钧起身过去，只见唐书启对董钧说了很多话，似乎在安排某件重要的事情，董钧一边听一边频频点头。

唐萱萱借此机会赶紧搜集资料作采访的素材，也增加一下自己提问的深度。她首先搜索到的是唐书启的简历。

二十三年前，唐书启在国际最有影响力的天文学刊物上发表了自己的观测成果。那年，唐书启刚满 21 岁，是一名在读的大三学生。后来，唐书启成为某著名双一流大学最年轻的教授，研究成果斐然。

当时，21 岁的唐书启观测到整个宇宙的背景辐射发生了整体性蓝移，因此天文学界还为他创造了一个专属学术名词：唐书启宇宙大背景蓝移。唐书启所观测到的现象，即宇宙星空中许多巨大的星云、星系团发生了靠近银河系——地球方向的大距离蓝移，与三个世纪前天文学界所观察到的哈勃红移——即宇宙在加速膨胀的现象恰恰相反。后来，世界各国天文学界陆续证实了唐书启的观测结果，于是有科学家提出了一个疑问：难道我们所生存的宇宙开始了收缩？总而言之，这是一个非常奇特而反常的天文现象。

唐萱萱在想，唐书启是一个天体物理学家，怎么会被

　　　　　　　　元宇宙架构师

邀请参加世界级的环境保护及气候灾难应对研究的大会？这应该是一个采访的话题切入点。

　　峰会论坛正式开始，在一片热烈的掌声中，唐书启稳重地迈步走上部长级峰会论坛演讲台，面向全世界180多个国家的环境保护部门部长级代表及官员，开始了他的演讲发言。

　　"各位女士、各位先生，很荣幸被邀请参加今天的峰会论坛。我希望我今天的演讲是一次开放式的发言，因为下面的讲解有很多新的概念与专有名词，大家可能很陌生，我建议参会者可以随时向我发言提问，有助于更好地理解我的演讲内容。"唐书启的开场白非常谦和友好。

　　这时峰会论坛的主持人回答唐书启："没问题唐教授，我们峰会论坛指定了阿根廷代表奥莉薇娅女士和巴西代表乔希普先生与您互动，他们会将各国部长级代表的问题汇总，通过提问的方式与您交流，您可以随时开始。"

　　唐书启笑了，点头说道："好的，下面我就开始了。首先，我们需要从我们地球所在的银河系、银河系所在的宇宙打开话题。现代天文学界已确认，我们所生存的宇宙是一个有边界的宇宙，如果把长达一千亿光年广袤浩瀚的宇宙看作是一个漂浮在无限空间里无比巨大的'充气床垫'，那么这个'宇宙大床垫'，除了有无数星系团、星云、黑洞、巨星、中子星、恒星、行星等星球、星体遍布其中，在广袤的太空中，还充满了无数的暗物质粒子，暗物质粒子的总质量占整个宇宙总质量的99%以上，这是我们现代天体物理学界公认的研究成果。"

唐书启停下来，用控制器为峰会论坛大投屏上展示的PPT翻页。

"三百多年前，曾经有一个物体，我们以现在的科学理论尚不能完全理解与解释这个物体是什么，但对这个物体我们有一个初步的推测和结论，后面会由皮埃尔赫利教授负责讲解。对于这个未知的物体，我们已经测算出它的质量，是10的72次幂吨，大概只有一个网球大小。"

唐书启端起杯子喝了一口水，接着说道："怎么理解这个网球大小物体的质量？打个比方，相当于把写满人类历史的所有书籍的文字，每一个字变成一个地球，这么多个地球压缩入一个网球大小物体所形成的质量。"

"可以理解为黑洞之王吗？"巴西代表乔希普插问了一句。

"如果黑洞遇见这个物体，会被这个物体像撕纸片一样扯碎。唯一可以勉强类比的，恐怕是宇宙大爆炸之初的宇宙奇点。"

唐书启接着说道："这个未知物体以远远超越光速的速度运动，穿过了我们的宇宙。远远超越光速是什么速度？我们的测算结论是，一亿倍光速是其运动的下限。据我们的量子计算机测算所知，这是一个超越爱因斯坦相对论的未知物体，'瞬间'穿过我们的宇宙——这个充盈着暗物质粒子的'宇宙大床垫'。当然，我们所说的这个所谓的'瞬间'，是三百年。"

"一亿倍光速？"全场一片哗然，议论纷纷，众人均摇头表示难以置信。

唐书启笑了，现场人们的反应是意料之中。"非常难以置信是吧？对！这个物体拥有绝对的质量，绝对的速度，理论上，这个物体的温度也接近普朗克温度，所以这是一个无法理解的存在。这个物体穿过了我们已知的宇宙，他的运行速度至少是一亿倍光速，这个结果是我们的团队通过量子计算机计算得到的。不过……"

唐书启特意在这里停顿了一下，说道：

"我在这里需要修正一个用词，不是这个物体穿过了我们的宇宙，而是'击穿'了我们的宇宙，'击穿'这个词汇可能更准确。"

"抱歉唐教授。"一个声音打断了唐书启，"您说是'击穿'？宇宙不是接近真空吗？怎么会被击穿？"阿根廷代表奥莉薇娅女士问道。

唐书启微笑着点头回应她："这里我必须再次解释，我们已知的宇宙不是绝对真空。我们所谓已知的宇宙真空，实质是由携带着能量的无数的暗物质粒子充盈在其中，形象地说，这些携带能量的暗物质粒子，填充满了我们所谓的宇宙空间。"

"好的唐教授，请您继续。"

"而这次击穿，在我们所存在的浩瀚的'宇宙大床垫'的底层能量场造成了一个绝对真空柱，或者说，在我们可观测的宇宙中，形成了一条通向宇宙外空间的绝对真空隧道。这个绝对真空隧道在距离地球三千五百万光年外的太空中矗立，竖向贯穿了整个宇宙，高达三百亿光年。简而言之，一个未知的物体用了三百年时间，从竖向径直洞穿了我们地球所在的'宇宙大床垫'的底层能量场，形成了一个不可修复的宇宙'能量场极速隧洞'，我们猜测，穿过这个'能量场极速隧洞'，可以通向另一个维度的宇宙空间。"

"造成了什么结果？"巴西代表乔希普先生问道。

"好问题！无数邻近宇宙'能量场极速隧洞'的星云、星系团、巨星、黑洞被一股无比强大的暗动能，涡吸入这条绝对真空隧道，通过这个极速隧洞进入'宇宙大床垫'之外的高维度宇宙空间，或者说，进入另一个维度的未知世界。"

"不可思议！"乔希普先生和奥莉薇娅女士同时发出感叹。

"对！非常不可思议。在被涡吸入宇宙极速隧洞时，很多星系团和星云、黑洞发生了大碰撞，以及互相的吸引、吞噬，无数巨大的能量团在被涡吸、挤压、吹填进入极速隧洞的同时，发生了无比巨大的能量逃逸大爆炸，大爆炸发出的绚烂夺目的光，仿佛宇宙在为自己燃放一个绚烂的烟火，这是一棵高达三百亿光年的烟花树，这棵宇宙烟花树迄今也已经燃放了三百多年。"

"唐教授，这就是您为峰会论坛带来要分享的研究结果？"这时，峰会论坛的主持人插问了一句。

"对，二十三年前，天文学界普遍观测到的无数星系团、星云发生的宇宙广泛背景蓝移，是三百多年来宇宙烟花树造成的结果，但我们的研究成果不止于此……"

"唐教授请您继续。"

"宇宙烟花树对我们生存的宇宙所造成的影响，就是我们所生存的三维宇宙空间开始发生结构性坍塌，并且，这次坍塌对银河系在内的各大星系产生了强烈的引力扰动。众所周知，因为月球的引力效应，地球的地轴与其公转平面保持66度34分的倾角，因为宇宙烟花树所引起的引力波扰动，地球的倾角在近三十年已改变了6.5度，这个倾角的变化导致地球的气候出现长期异常，地球的生态平衡也受到了严重的破坏。"

现场一片寂静，唐书启的研究成果的确让所有人耳目一新。

"我想进一步解释：我们存在的三维宇宙正在发生结构性坍塌，邓希文提出的熵增极限常数也得到了我们的计算验证。所以，在远离宇宙烟花树的任何地点上观察，观察者都会发现头顶的浩瀚星空中，无数的星系发生了宇宙广泛背景蓝移。"

唐书启再次按了一下控制器，接着说道："在这里，我想借用中国古人的一个神话故事描述这个宏大的宇宙事件造成的场景：共工怒而触不周山，天柱折，地维绝。天倾西北，故日月星辰移焉。"

　　　　　　　　　　　元宇宙架构师

所有人都惊呆了，现场出现长时间的寂静。

"您怎么证实您说的？这么宏大的宇宙事件发生在三千五百万光年之外，而且，根据您的计算成果，这个洞穿宇宙的大事件发生于三百多年以前，目前应该观测不到这棵烟花树，仅仅能观测到宇宙广泛背景蓝移的结果吧。"巴西代表乔希普在沉默良久后，再次提出疑问。

"我这次带来了二十三年来我和我的团队最重要的研究成果：量子纠缠镜像。还有一个重要的推论，是与以色列天文物理学界同仁共同研究的成果——宇宙空间跨维邂逅理论。下面先由我的同仁——以色列天文学家皮埃尔赫利教授阐释一下我们最新的理论：宇宙空间跨维邂逅。"

唐萱萱见一个花白胡子的光头男人，戴着一副时尚的宽边眼镜，身着一身白色西装，走到唐书启身边。在接过唐书启递给他的投屏控制器后，皮埃尔赫利教授开始了他的演讲。

"我与我卓越的中国同仁们经过研究认为，这个神秘的未知物体，是一个超越相对论——爱因斯坦著名理论的存在，我们推测，它是宇宙六维空间的一个基本粒子。"

皮埃尔赫利教授用控制器在投屏上翻页后接着说："这个基本粒子，与我们所生存的三维宇宙在一个跨维的交点上相遇，发生了一场宇宙多维空间的'跨维邂逅'——这是不同维度宇宙空间跨维产生交点的相遇，而这种相遇，在不同维度宇宙之间的发生概率是 1000 亿亿亿亿分之一。"

皮埃尔赫利教授再次用控制器翻页，接着说道：

"这个六维空间的基本粒子以它的正常速度——一亿倍光速穿越了我们的三维宇宙空间，并造成一个六维宇宙空间与三维宇宙空间发生跨维空间交汇的奇异景象。如果我们的观察和测算没有错误偏差，我们认为，爱因斯坦的相对论可以称为古典相对论，它仅适用于宇宙五维及以下空间，我们这个推论有待进一步研究证实。"

皮埃尔赫利教授停了下来，微笑着对全场人说道：

"而这个神秘物体——运行于宇宙六维空间的一个基本粒子，原本我们只有可能在宇宙六维空间观测到它的身影，但我们在三维宇宙空间已经捕捉到它的运动痕迹——一条长达 300 亿光年的宇宙绝对真空隧道，唐教授更愿意将之称为'宇宙能量场极速隧洞'。下面我把舞台继续交给唐教授。"

唐书启重新站回台上接着说道："宇宙中有很多星体，可以类比为漂浮在宇宙中的镜子，姑且命名为镜星体。镜星体有一个特点，可以把数百亿光年以外的事件，通过量子纠缠传递信息给另一个远隔百亿光年的镜星体。形象而言，如同一个人隔着一百亿光年的距离照镜子，在镜星体中可以看见自己一百亿光年以外的量子纠缠镜像。量子纠缠镜像通过一个镜星体传递给遥远的另一个镜星体，它的传递时间比光速进行信息传递的时间短得多。很幸运，我们的量子纠缠镜像仪捕捉到一个镜星体对宇宙烟花树的镜像。"

"您是说，您真实观测到了那个无比宏伟的宇宙烟花树？"巴西代表乔希普无比惊讶地问道。

"对！"唐书启非常肯定地回答他。

"我们的三维宇宙发生结构性坍塌最终会有什么后果？可以理解为一个更高维的宇宙正在吞噬我们所存在的三维宇宙吗？"巴西代表乔希普继续问了一个更为深刻的问题。

唐书启微笑地点头回答："您的这个问题，是我和我的团队正在努力深入研究的课题。"

"地球最终也会被涡吸进宇宙烟花树中去？"奥莉薇娅女士的反射弧有点长，她在许多代表的提示下问出了一个关键性的问题。

"理论上，肯定会这样。"唐书启明显对这个问题有所准备。

　　"不过，你不用担心，地球被涡吸入宇宙烟花树的时间会发生在 30 亿年以后。那个时候，我们所赖以生存的这个脆弱的地球不一定健在。"

　　部长级峰会论坛进入茶歇时间。

　　唐萱萱跟着唐书启和董钧，在一个小范围的圈子里继续讨论，有四五个学者和中国环境保护部门的代表参与进来。

　　唐萱萱崇拜地望着唐书启，部长级峰会论坛的信息量有点大，唐萱萱感觉自己的脑袋一直处于蒙蒙的状态。

　　中国环境保护部门的代表向唐书启提问："唐教授，我不怀疑您和团队的研究成果，但您也知道，对于地球而言，全球灾难性环境危机的结果已经产生，我们该如何应对？"

　　"茶歇过后的时间，我的团队将介绍我们对处理环境危机的一些建议，是从可操作的角度提出的一些综合性措施。但归纳为一个核心，就是要世界各国团结起来，共同应对全球化环境危机对我们所生存的脆弱星球带来的直接或者次生的灾害，这不是单凭一个或两个国家就可以完成的艰难任务。"唐书启坦诚地回答。

"近百年来，地球的生态环境的确遭到了极大的破坏，有一句流传久远的箴言：'地球的资源可以满足人类的需求，但满足不了人类的贪婪。'有从事哲学研究的著名学者认为，是人性中的负面力量——人的贪婪和无止境的贪欲造成今天我们生存环境的恶化，人心之恶才是造成环境之恶的根源。唐教授，您怎么看待这个问题？"一位学者在深思熟虑后问唐书启。

"我是一个天文物理学者，对于人文社会学领域的东西，我无法评价。但我坚持认为，人类技术的进步并不能代表人类文明的进步，我们对自己所生存的星球和宇宙还知之甚少，我们不应该把眼光和过多关注放在眼前的苟且上。对我个人而言，我认为必须克服对未知的恐惧，继续加大对宇宙和地球未来生存环境的探索。"唐书启的回答让唐萱萱佩服，她赶紧录音，这些对话太精彩了。

"您打算怎么办，您有进一步的计划吗？"另一位学者问唐书启。

"我打算近距离去观察这棵宇宙烟花树，尽量靠近这个未知的世界，近一点，更近一点。"

"您疯了吗？"一个学者倒吸一口冷气，不自觉地脱口而出。

"这世界的发展是疯子推动的。"唐书启笑着将身体靠在椅背上，瞟了那个学者一眼。

"可宇宙烟花树远在地球三千五百万光年的距离之外，您打算怎么跨越这么遥远的距离？"那个学者继续发问。

"一百五十年前中国天文学家观测到一颗彗星，根据地球天文学联盟理事会的官方认定，将之命名为石申彗星，英文代号 S–23。它是我们整个已知宇宙的长跑冠军，它的速度是 22 万千米 / 秒，已经绕我们的巨型宇宙跑了上千圈了。"这时唐书启的助手董钧插话了。

"石申彗星明年九月从木星附近飞过太阳系，我的探索飞船会预先飞到木星的附近等待它的到来。"唐书启接着董钧的话回答，他的声音非常平静。

"然后呢？"那个学者小心翼翼地问道。

"然后我会让探索飞船飞临石申彗星核上，动用智能机器人把我的探索飞船与彗星核铆定，然后彗星的冰层会把飞船和彗星核冻结在一体。在飞船内的所有人员，利用现在最成熟的冷冻休眠技术，进入休眠状态，直至合适的温度再次唤醒。"

唐书启喝了一口咖啡，说道："石申彗星的轨迹，经过我们量子计算机的测算，在飞行四十九万年以后，会撞上那个宇宙'能量场极速隧洞'。"

　　"恕我不能理解，以石申彗星的飞行速度，即便是光速的 2/3，飞行四十九万年以后，您的探索飞船距离宇宙'能量场极速隧洞'仍然非常非常遥远。"

　　"好问题。根据我的宇宙模型测算，我们生存的'宇宙大床垫'，这样说更形象一些，我们身处的三维宇宙空间，会在 38 万年后形成巨大的结构性坍缩，这可以理解为是熵增极限常数的作用。我们地球所在的银河系，位于这个'宇宙大床垫'的偏上层位置，随着宇宙三维空间的结构性大坍缩，银河系与宇宙'能量场极速隧洞'的物理太空距离会缩短五百万光年。"

　　"如果您的计算研究成果没错，即便缩短了五百万光年的太空距离，仍然剩余三千万光年的距离，还是太遥远了，人类太渺小了！"

　　"渺小到令人绝望。"唐书启教授笑着回应道。唐萱萱被唐书启悠然自信的笑容感染，不禁瞪大眼睛专注地盯着唐书启，像一个小学生一样乖乖地听讲。

　　"随着宇宙结构性大坍缩开始，极速隧洞会发生一个

15度角的偏移倾斜，这个角度的倾斜过程，会让石申彗星在向这条绝对真空柱飞行的四十九万年中，轻松跨越二千九百九十九点八万多光年的太空距离。"

唐书启扫视了一眼在场所有的人，继续说道："也就是说，在四十九万年以后，我的探索飞船会在不到二百光年的太空距离外向这个无比宏伟的宇宙'能量场极速隧洞'不断飞近，这个距离可以说是近在咫尺了！"

"那又怎么样？按照您的理论，您的探索飞船最终会被涡吸入宇宙'能量场极速隧洞'，而且，您和飞船仍然处于冰冻的状态。"

唐萱萱在一旁专注地听着，感觉心里直发紧，这时董钧给她递来一杯冒着香气的咖啡。

"对，探索飞船最终会被涡吸进那个极速隧洞，或者说撞上、融入那棵宏伟的宇宙烟花树。在被涡吸入宇宙烟花树之前，烟花树的核心所发生的能量逃逸大爆炸所产生的巨大辐射压，将无比汹涌澎湃的热量辐射到数千万甚至上亿公里之外，会融化不断飞近它的各类星体，包括向宇宙烟花树不断飞近的石申彗星，那个时候，我的探索飞船在石申彗星飞向宇宙烟花树的过程中，会在某个时点被汹涌的爆炸逃逸热能量流唤醒。"

"太疯狂了！太不可思议了！"一位学者被震惊得大声感叹道，"不过，您就是有了研究成果，有什么用？您和您的探索飞船会被烧得灰飞烟灭。"

"我们计算过，探索飞船被宇宙烟花树逃逸出的热辐射能量流所唤醒的时间点，会在石申彗星距离宇宙'能量场极速隧洞'一百二十年的飞行距离之外的某个时点出现。足够了，再给我三十年的观察时间就可以了。人不可能永生，三十年后我已经 74 岁，可以悠闲地观赏宇宙烟花树的表演，这是我们所生存的宇宙中最伟大的交响史诗。"

所有人都陷入了沉默。唐萱萱听得太专注，没注意自己的一缕长发滑落到咖啡杯里，董钧碰了一下她的胳膊提醒，她脸红了。

"我会将探索飞船的研究成果信息，通过最先进的量子纠缠信息传输技术，与地球图书馆的量子纠缠记录仪建立量子纠缠链接。我考察过，这个去年刚刚在中国建成的地球图书馆，建立在新疆与西藏交界的昆仑山脉，按照可以存续五十万年的设计标准建造，我认为它符合我所需要的标准。"

唐书启最后总结说道："五十万年后，我将在遥远的外太空用量子纠缠信息传输机，向地球图书馆内的量子纠缠记录仪写下我的观测成果，存入地球图书馆，告诉未来人类更多关于这个浩瀚宇宙的知识。"

最终，唐书启教授的宇宙烟花树探索之行，有五个不同国家的科学家和宇航员踊跃加入，他们在告别了自己的家人后，组成了一个七人宇宙探险队伍，与唐书启一起去遥远的外太空观察研究那个宇宙烟花树。

探索飞船点火出发的那天，凤凰之声向全球进行了新闻直播，电视台用七种语言向全球滚动播放探索飞船起飞前的实时动态：

"这是一次人类合作的奇迹！他们将飞向三千五百万光年以外的太空，为人类探索宇宙的奥秘勇敢出发。让我们记住这些英雄的名字：他们是——来自中国的唐书启，来自俄罗斯的戈米洛娃，来自欧洲联盟国的彼得亨特，来自阿拉伯的……"

在亿万观众的瞩目中，探索飞船点火出发了。望着天空中探索飞船留下的长长的飞行尾迹，唐萱萱久久不能平静。

晚上，董钧约唐萱萱一起吃饭。

　　　　　　　　元宇宙架构师

在一个可以看见大海的烛光餐厅，董钧特意选了一个双人座餐桌，与唐萱萱一起吃牛排红酒西餐。董钧的脸上是按捺不住的欢喜，唐萱萱则显得有些心不在焉，隔着餐厅玻璃望向星空，有点发呆。

董钧忍不住问唐萱萱："萱萱，是这个餐厅的菜不合口味吗？感觉你不太开心。"

唐萱萱淡淡地笑了一下，说道："唐教授的探险之旅，让我还有点没缓过神来。"

董钧点头说道："理解！对于这次太空探索之旅，唐教授已经策划了很多年。你知道，唐教授是一个非常敬业且执着的人。"

唐萱萱再次望向窗外的夜空，说道："每当我抬眼看向星空，我总想找到那颗划过宇宙的彗星，它已经变成一颗一闪而过的流星，但仿佛照亮了整个世界。"

"你快写诗了。"董钧笑了。

"我们生存的这个蓝色地球，本来就应该是一个充满诗意的家园。"唐萱萱没有笑，她的表情有点严肃，"董钧，我想告诉你一件事。唐教授带给我的精神力量，让我无法平静。我已经决定从凤凰之声辞职，去巴西，为保护亚马孙雨林出力。"

董钧放下手里的刀叉，惊讶地望着唐萱萱，没有接话。

中国香港国际机场。

唐萱萱推着行李箱，排队准备登机。她突然看到一个熟悉的身影向她走来。

"董钧？"

"是我。"

董钧推着行李箱快步走到唐萱萱身边。

"自从得知你要去保护亚马孙雨林，我思考了很久。"董钧看着唐萱萱，突然变得有点腼腆，"我想，陪你一起去，好吗？"董钧有点不太自信地问道。

唐萱萱笑了。

两个年轻人肩并肩走向飞机登机口。

三年后，他们从亚马孙雨林向中国的亲朋好友发回来两个人拍的婚纱照。

又七年后。中国香港。

一个高楼的窗户里，一个老人正在给小孙子讲神话故事："'你这妖猴！'太上老君说道，'不许伤害我的坐骑！'这时，孙悟空，也就是那个降妖伏怪的孙大圣，一

　　　　　　　　　　　元宇宙架构师

摆金箍棒，对着太上老君吼道：'老君，你这老儿，赶紧把你的坐骑带回天庭，否则老孙绝不饶你！'"

"后来呢？"小孙子好奇地问。

"后来那个妖怪被太上老君收走了。"

小孙子明显感觉不过瘾，他还在等故事的后续。

老人则端起一碗饭放在小孙子面前，说道："蛋蛋，爷爷的故事讲完了，赶紧吃饭。"

蛋蛋嘟着嘴，不开心地想：这些大人总是让人吃饭。吃饭，吃饭，吃不完的饭，每天都是大人在监督我，大人总是这么烦。

爷爷进厨房端菜去了，蛋蛋抄起筷子，想象自己是那个孙大圣，他刚摆了一个POSS，不巧把碗打翻了，米饭洒在了桌子上，蛋蛋仿佛看见一个灵活的猴子在米粒上跳舞。

"你是谁？"蛋蛋拿筷子指着那个猴子问道。

"我是孙大圣。"

"哈哈，孙大圣，你要干嘛？"

"一个从佛祖那里偷了灯芯的妖怪跑了，我要抓住她。"

唐萱萱的儿子蛋蛋开心地笑了。

公元 1576 年，吴承恩在一间破旧的茅草屋内奋笔疾书。月色如水，油灯下，他抬眼看向窗外的夜空，仿佛看见一个场景：

如来佛与弥勒佛在探讨一瞬间百亿次生灭的问题。

一个灯芯从万盏佛灯的一个金色灯盏中蹦了出来，碰到桌子上的一个圆石珠子，那珠子掉落在青石地板上，发出清脆的碰撞声音，突然，珠子湮灭不见。

灯芯跳到青石板地上，化身为一个玉面小怪，他偷偷对自己说："这颗珠子应该是我的法器。"

"你要到人间闯祸！我看你往哪里跑。"中国人耳熟能详的降妖英雄孙大圣出现了……

吴承恩感觉自己的灵感如泉水涌来，在油灯下，他继续奋笔疾书：

"看我的法器！"只见那灯芯怪从怀里掏出一个网球大小的小球，掷向孙悟空。孙大圣用金箍棒把那小球轻轻一拨，只见那物件飞向九霄云外。

"孙悟空，你又闯祸了！"菩提祖师在云端呵斥道。

远在舍卫城讲法的佛祖拈花一笑……

这时，天已蒙蒙亮，吴承恩远远地听到寒山寺的晨钟声袅袅响起，众僧人的早课开始了。他们在持诵流传千年的《金刚经》：

　　一切有为法，如梦幻泡影，如露亦如电，应作如
是观。

　　地球纪元492380年，地球青藏高原昆仑山脉深处，
三个头戴氧气罩的外星科考探险队成员正在一片废墟里跋
涉，他们走得气喘吁吁。这时，一个外星人的目光被瓦砾
中的一个物件吸引住了。他走近那片瓦砾，从中找到一块
比较完整的砖石，上面镌刻有方形的文字。他问身旁的同
伴："这是什么文字？"

　　一个年龄偏大的外星科考队员仔细看了看文字的形
状，说道："这应该是约五十万年前，地球上古人类文明
的一种文字，据银河星系文明历史典籍记载，当时地球的
文明已经非常发达，根据这五个字的形状，像是上古时期
一个伟大的国家——中国的汉字。"

　　"这五个方形字是什么意思？"

　　他的同伴为砖石的文字拍下照片，将照片输入电脑，
查阅了一下量子字典。

　　量子字典显示出五个字的意思："地球图书馆。"

这时，另一个外星科考探险队员在不远处喊道："看，我发现了什么？"

　　他的两个同伴转头望去，只见那个外星科考探险队员手里举着一个沾满了尘土的仪器。

　　"这个仪器应该是运用量子纠缠技术制作的记录仪，而且还有可以依靠太阳能启动的装置，仪器很古老，但对于四五十万年前的地球人类文明，也是非常先进的东西。"那个年龄偏大的外星科考队员说出了自己的判断。

　　举着仪器的外星科考队员拂去仪器上面的灰尘，仔细观察后说道："这个机器看着完好无损，我们可以带回去研究。"

　　"先留在这里吧。我们这次科考探险的目的，是探寻三万年前地球古纳里巨人王国的遗址，我们发现的这些东西明显与古纳里巨人王国无关。你可以把这片瓦砾遗址的卫星定位发回给科考队大本营总部，让他们多派来几个人来研究。"年龄偏大的外星科考队员说道，"来，我们几个一起和这个古老的仪器拍个照。"

　　三个外星科考队员笑容灿烂的照片发回了 K 星科考队大本营。

　　三个人继续上路，路上，一个外星科考队员问道：

"地球的上古人类文明怎么会在三十八万年前突然消失了？"

"不知道，根据现在 K 星考古界的一个普遍观点，认为三十八万年前地球文明毁灭于一场陨石撞击地球的特大灾难。这个规模宏大的地球图书馆可以反映出当时地球人类文明的先进，但最终它还是被上古地球人类遗弃了。"

"真的很可惜，不过，我感觉这个图书馆更像是遭遇了一场大地震，对这个上古人类文明建筑产生了毁灭性的打击。"

阳光照耀下，那台静静躺在瓦砾里古老的量子纠缠记录仪突然启动了，随着"嘀嘀答嘀"的机器运转声响，在向着阳光的一面破碎的屏幕上，一段优美的文字在屏幕中闪烁着显示了出来：

看啊，如此美丽的宇宙烟花树，
它正在夺目地绽放！
这是献给我们遥远的家园——
宇宙中一颗平凡星球的闪光的玫瑰。

量子咖啡馆

大明发现了一个有意思的咖啡馆，在海淀区五道口，对，就是被称为"宇宙中心"的北京海淀区五道口。

　　在一个僻静的二层底商转角处，有一个不起眼的开敞入口直接对着大街，入口处上面有五个纤细的霓虹灯字：量子咖啡馆。大明看着这个霓虹灯招牌，感觉非常好奇，他走进入口，乘电梯上到了二楼，在二楼电梯旁，只见一个干净清爽的女生站在咖啡馆门口，大明问道："量子咖啡？有什么不一样么？"

　　"您进来体验一下就知道了，欢迎您来，您可以直接向老板点咖啡。"那个女生的回答让大明不再犹豫，他径直迈步进了咖啡馆。

　　一进门，只见咖啡馆不大，只有三张咖啡桌，位于角落最里侧的咖啡桌，有一个顾客正在看书，操作台后站着两个人，这是一个很清静的迷你型咖啡馆。

大明走到操作台前问道："谁是老板？"

"我。"

回答他的，是操作台后面一个三十来岁的男人，身材中等，体型不胖不瘦，戴一副圆框金丝边眼镜，眼光清澈，一副很睿智的样子。

"我想点一杯咖啡，卡布奇诺。"大明心想，如果这个咖啡馆总是这么清净，以后倒是可以经常来。

"每个人都有问题。你可以先问我一个问题，然后喝一杯咖啡。"那个自称老板的眼镜男人的回答却怪怪的。

"我没问题，我只想喝一杯咖啡而已。"大明虽然奇怪他的回答，但还是强调了一下自己的要求。

"每个人都有问题。问吧，把你心中的问题说出来。"戴眼镜的老板重复了一遍自己的话。

"你如果非要用这个句式，我觉得你在说每个人都有病。"大明有点赌气地说。

戴眼镜的老板没有生气，他摇摇头说道："问吧，问出你心中的问题，咖啡就有了，很快。"

"那你的咖啡免费吗？"

"你希望我回答了你的问题，再免费送你一杯咖啡？"眼镜老板笑了，露出了整齐的牙齿，他脸上浮现出戏谑的表情，意思很明显：不可能。

"那么你告诉我，我的属相是什么？"大明有点故意淘气地问道。

"你这不算问题，你明明知道你的属相，而我又不是街头算卦的。"眼镜老板很聪明地回避了这个问题。

"好吧，像你这样做生意，你的咖啡馆是怎么维持下来的？"

"我回答你，我开业两年了，总共卖出了三万零一百八十一杯咖啡，一直经营得很好。"老板回头对操作台后的一个高个子小伙说道："给他一杯卡布奇诺。"

大明乐了。"在哪里付款？"

"在这里扫码。"

大明扫码后一看手机呈现出的账单，眼睛不禁瞪得溜圆，大声喊道："120元？一杯咖啡120元？你这是抢劫啊！"

"我没有强卖你，事先给你重复过两次店里的规矩。你提出一个问题，我回答你的问题，允许你买一杯咖啡喝。现在你的问题我回答了，咖啡也有了。"

眼镜老板特意停顿了一下，突然发问："你不会是想赖账吧？"

"我赖账？不就是120块钱吗？我虽然不是什么富豪，一杯咖啡还是喝得起的。"大明气鼓鼓地结了账。

回到家，大明思来想去，感觉只有两个字：不爽。大明感觉自己被那个量子咖啡馆的眼镜老板堂而皇之地耍了，却又说不出什么，怎么说呢？只能怪自己太粗心，点咖啡前没有看菜单。但话又说回来，谁能想到一杯咖啡会花费120元？

大明上网查看关于这个量子咖啡馆的评价，发现评语不多，但褒贬不一。有两条评语说：风味独特，去一次终生难忘。大明看了直摇头，心想这些评语一定是那个狡猾的眼镜老板安排人写的。有两条评语则说：非常不值得，一个骗子咖啡馆。大明暗自点头，这个评语很吻合我的看法，但是，还是有一条评语引起了大明的注意，它是这样写的：这是一个独一无二的咖啡馆，多去几次，你的一生会因此改变！

出于对这句话的强烈好奇，大明决定再去一次量子咖

　　　　　　　　　　　元宇宙架构师

啡馆。

第二次走进量子咖啡馆，大明憋着一肚子气，他看见那个上次逼他说出问题的眼镜老板正好在。

"一个问题，一杯咖啡？"大明走到操作台前，气势汹汹地问那个眼镜老板。

"老规矩了。"眼镜老板的神色没有任何异样，他似乎忘了大明曾经来过。

"圣经中记载了一个所罗门王，告诉我他的生卒年月，以及为什么。"

"就这个问题？"眼镜老板似乎有点不屑。

"对！"

"怎么问题里还有为什么。"

"因为年代久远，历史的记载不一定准确，你必须告诉我为什么。"大明底气十足地回答。

"那你就是两个问题喽？"眼镜老板有点挑衅似的问道。

"好吧，算两个。"大明感觉每次都会被这个精明的老板绕进去。

"你这类问题在我这里属于 A 类问题。"老板仍然心平气和，一副笑眯眯的样子。

"什么叫 A 类问题？"大明皱着眉，大脑飞速转着——这个狡猾的眼镜老板不会是又在给我挖坑吧。

"A 类问题就是考知识储备的问题，所以回答这个问题后的咖啡会贵一些，你确定自己做好心理准备了？"

大明听了他的回答，心里暗自猜想：是不是我考住他了，他一直兜着圈子不肯回答我，反而想吓唬我让我退却？

"我做好准备了！"大明回答得十分肯定。

"300 元一杯咖啡，我可提前告诉你了。你确定还要我继续回答？答案有了就必须买单。两个问题，两杯咖啡，300 元一杯。"眼镜老板的褐色眼睛在金框圆眼镜镜片后面闪着狡黠的光。

"你现在就马上回答我，不许百度。"大明把脸凑近眼镜老板，死死盯住他。

眼镜老板微微一笑，他正准备回答，大明突然灵机一动，赶忙补充说道：

"等一等，我还没问你，如果你没回答出来或者答错了，怎么办？"

"我若回答不出来或者答错了，你就是我们店的白金 VIP 客户，以后只要你来，咖啡一律免费。"眼镜老板毫不犹豫回答道，似乎眼镜老板一直在等他问这个问题。

大明不得不承认，那个问题眼镜老板的回答得很完美。

大明为准备这个问题，特意做了三天的功课，没想到，眼镜老板三分钟就回答完了。

那天，大明花了六百元喝了两杯咖啡——可能是全"宇宙中心"最贵的咖啡。

大明连续几天一想起这事就偏头疼。

大明想起一个人，他的一个好哥们——裴晓庆。几年前，他考进了公安大学，毕业后恰好分配到了刑警大队，应该可以帮上忙。大明拨通了裴晓庆的电话，说明缘由，裴晓庆在电话里很痛快地答应了他："来吧，我帮你分析一下。"

大明和裴晓庆在一家小餐馆里坐下，大明叫了几碟凉菜和两瓶啤酒，两人喝着啤酒吃着花生米，谈笑间，大明把两次去量子咖啡馆的经过给裴晓庆叙述了一遍。

裴晓庆倒满一杯啤酒，一仰脖子喝了个干净，点了一根烟，抽了两口，说道："大明，听你说完，我倒觉得，你说的这小子也没有什么稀奇，但不得不承认，他的话术很厉害。"

大明赶忙把嘴边的啤酒沫子胡乱一抹，问道："怎么讲？"

"你发现没有，他只回答他有答案的，而且是没有标准答案的问题，你根本无从反驳，所以你总是被他绕进去。但不可否认这个人很聪明。"裴晓庆用筷子夹了一粒花生米扔进嘴里吃了。

大明仔细琢磨了一下裴晓庆的话，颇觉得有道理。

"下次，我和你一起去！去会一会这个量子咖啡馆的老板。"

大明一听乐了。"太好了！有你这个刑侦专家在，我想那小子要栽大跟头！"

大明带着裴晓庆第三次来到量子咖啡馆，他们两个刚出了二楼电梯，就与咖啡馆门口那个干净清爽的女生迎面碰见，那女生似乎明白大明的来意，笑眯眯地对大明说道："您又来了，老顾客了，不过今天老板不在，他有事出去了。"

大明顿时十分沮丧，无奈地看了裴晓庆一眼。

裴晓庆乐了："看来这个咖啡馆老板早就猜到你有这么一手！"

那个女生在一旁对大明说道："这位顾客，我看您已经是第三次来，我们老板特意交代过，像您这样来过三次以上的忠诚客户，可以升级为我店的 VIP 客户。"

大明一听可以成为 VIP 客户，心底有了几分窃喜，他愉快地跟着那个女生，在咖啡馆操作台的电脑里登记了自己的姓名和手机号码。

大明办完登记，问那个女生："VIP 客户以后喝咖啡是不是免费？"

那女生笑了："在我们店，白金卡 VIP 客户是可以享受免费咖啡的，您这个 VIP 卡需要消费几次，消费满一定数额升级后，就可以成为白金卡 VIP 客户。"

大明拿着量子咖啡馆的 VIP 客户卡暗自琢磨，必须再来几次，把自己前面的损失找补回来。

时间过得很快，距离大明第三次去量子咖啡馆已经过去一个礼拜了。

这天，大明像做贼一样守在量子咖啡馆一层的入口处，看见有人从二楼电梯下来就上前去问："您去过上面的量子咖啡馆？他们的老板在吗？"

在得到确切消息后，大明像个战士一样，雄赳赳地再次出现在量子咖啡馆的门口。门口的女生不在，大明径直走了进去。

大明看见操作台前，眼镜老板正在用咖啡机手磨咖啡豆，店里没有其他人。大明站在操作台前，故意咳嗽一声，希望引起眼镜老板的注意。

大明在心里默念着与裴晓庆商量后精心设计的那个问题。

记得裴晓庆说："你必须问一个他大概率猜不到，而你是有非常确定答案的问题。"

"比如？"大明很想听一下这个懂刑侦的人是怎么考虑问题的。

"很简单，比如，你的父母做什么工作，再或者，你的女朋友姓什么。关于姓氏，你不仅要让他回答，还得让他写下来，避免同音字让他蒙对了。"

大明一想起他们的谋划就信心百倍。这时，眼镜老板停下手里的活儿，转脸对着他点点头，说道："说出你的问题，得到一杯咖啡，你的问题是什么？"

大明笑着问老板："请你告诉我，我的女朋友姓什么？说出来后，麻烦您把这个姓写出来。"

只见眼镜老板一皱眉，说道："你这个属于特殊问题。"

"怎么特殊了？"

"因为你这个问题有故意刁难我的成分。"

大明差点笑出声，他完全没有想到眼镜老板会这样回答他。看来是考住他了！大明很兴奋，眼珠滴溜一转说道："毕竟，你量子咖啡馆的咖啡都那么贵，刁难你也不为过。而且，你店里的规则是提一个问题，喝一杯咖啡，你并没有规定不能问这类问题。"

"好吧，420元一杯。你确定一定要我的回答，然后喝咖啡？"

大明犹豫了一下，毕竟，吃过这个眼镜老板两次亏，他不希望再输一次。大明仰头想了一下，百家姓里至少有好几百个姓，从概率上讲，眼镜老板猜也猜不到，如果撞大运能撞上，只能说这个眼镜老板是神仙了。

大明笃定自己的胜算非常大后，他肯定地点点头。

"你回答问题吧，我确定。"

"你的女朋友姓潘，三点水一个番字。"

大明忘了自己是怎么喝下去那杯420元的咖啡的。

太不可思议了!

怎么可能?

如果不是咖啡贵得让他肉疼,大明简直有点崇拜这个量子咖啡馆的老板了。但大明还是忍无可忍,毕竟这咖啡贵得离谱,他支付了咖啡的账单,拿到消费单据后,出了咖啡馆,大明先向物价局进行电话投诉,然后直接到派出所报了案。

"量子咖啡馆,涉嫌虚抬物价、欺诈顾客经营,我有付款账单为证!"大明气鼓鼓地对着一个年轻的警察叙述事由,年轻警察录了口供。让大明不爽的是,他一边录还一边乐。

大明的火气一直未消,待年轻警察录完口供后,他问道:"你们警察到底管不管?这个骗子的店都开到你们家门口了。"

"我跟你去一趟。"这时,一个高高大大的警员不紧不慢地走进屋子,对大明说道:"放心,若有违法的事,我们肯定收拾他。"

高个子警察与大明再次来到量子咖啡馆。只见那个干净清爽的女生站在咖啡馆门口,她一见那个高个子警察,就热情地打招呼："张警官好！"

大明很惊奇，难道张警官与这女生事先认识？

张警官问道："你们店的老板在哪里？"

"正在三层授课，您跟我来。"

大明更惊讶了，张警官则似乎见怪不怪。

他们三个人从楼梯间步行上了三层，进了一间屋子。大明看见屋子里坐着十几个人，正在专注地听课。正前方是一个投屏，投屏上方挂着一条横幅：量子心理学教学实践基地。那个让大明气得牙根发痒的眼镜老板正在台前讲课。

"先暂停一下，我们量子心理学教学实践课的一位主角来了，大家欢迎！"眼镜老板看见了大明，突然停下课来，带头鼓掌。屋子里的其他人都配合着鼓掌，纷纷回头看大明。

大明被大家弄得有些尴尬，他迟疑地问道："什么实践课的主角？"

这时，他身旁的张警官笑着介绍："这里是心理学张博士与我们派出所警员联办的'量子心理学'教学实践课堂，主讲老师就是我们的张博士。"

原来如此，大明对张警官点头表示理解。他注意到投屏旁边的铁皮白板上，有张博士写的很多文字，眼光不觉被吸引过去，他听见张警官说："你不妨先坐下听一听张博士的课。"

大明拉了一把椅子坐下来，听那个眼镜老板继续讲课，"现在很多诈骗犯罪团伙流行的一个诈骗招数就是：设定特殊情节和场景——激发受害人的好奇心——用话术和手段激起受害人的挑战欲——引导受害人投入——引导其持续加大投入，增加受害人的沉没成本——通过既成事实的逆向合理化，最后达到左右、控制受害者或者被骗者思维的目的。"

大明观察周围，发现左右坐着几个穿着警服的人正认真地记着笔记，也有七八个普通人，他们也都在认真记着笔记。

"你来谈谈你的体会。"这时，眼镜老板——应该叫他张博士，笑眯眯地看向大明，邀请他发言。

"什么体会？"大明有点结巴了，他感觉颇为尴尬。

"就是你总共花费1140元，喝了四杯咖啡的体会。"张博士笑着说，屋子里响起一片善意的笑声。

大明的脸红了，他没想到自己在量子咖啡馆买咖啡的经历竟然成为课堂上可以分享的案例。

"似乎我在量子咖啡馆买咖啡的经历，特别吻合您刚才讲课的内容，我感觉自己就是一步步被诱导着走到陷阱里。"大明梳理了一下思路，简单地把自己买咖啡的事情总结了一下。

"对。"张博士点着头鼓励他。

"我的确是没有想到，但是，张博士，我有个问题，百思不得其解。"大明有一肚子疑问。

张博士点头，鼓励大明继续说下去。

"您是怎么知道我的女朋友姓潘？"

"你第三次和你的朋友来量子咖啡馆，在前台做了VIP登记，留下了电话。我通过技术后台调了一下你一周的手机记录，正好你第三次来咖啡馆时，差两天就是5月20号，我查到520那天你叫了快递，为一个姓潘的女子送了一束鲜花，就这么简单。"

"但我还是不明白，您怎么会事先猜到我会问您，我的女朋友姓什么这个问题？"

"你第三次来咖啡馆，没有见到我，但在店里看见了什么？"张博士反问大明。

大明开始回想。

记得那天他和裴晓庆在量子咖啡馆的门口，看见门上贴着醒目的"520，享受咖啡有折扣，送一束鲜花给心爱的她"的彩色广告海报。

大明问道："是那幅彩色广告海报？"

"对，问题和答案已经提前有了。"张博士点头微笑，他的眼睛在圆镜片后闪着光。

大明恍然大悟："您在潜移默化引导我问这个问题？"

"没错！即使你没有事先设计这个问题，我也会引导你说出这个问题，而且，我还要让你感觉，这就是你自己冒出来的想法，与我无关。"

张博士转向屋子里所有的人，说道：

"这个方法，叫做预埋心锚问题，然后通过特殊场景和语言暗示加以引导，让被预埋了心锚问题的人自己产生联想思考，从而进入下一步预设的流程。这些都是量子心理学的课程内容。"

张博士停顿了一下，继续说道：

"所有的分析和引导，也需要借助后台大数据，当然，现在的骗子和诈骗团伙，普遍也会借助后台大数据检索进行精准信息推送，对即将行骗的对象加以暗示诱导。"

张博士看着大明说道：

"我的咖啡馆，作为一个'量子心理学'实战和教学基地，正在与警方进行阶段性的合作，通过真实场景化模拟实践，研究量子心理学教学内容中涉及的受骗心理形成机制和演变过程，同时辅助警方积累一些教材案例，并希望通过这些真实的案例，以实践锻炼新人，其中包括很多给你提供服务的人员。"

这时，听课的人中，一个高个子穿着警服的警员对大明微笑着点头，大明想起来，他是第一次给大明制作卡布奇诺的那个小伙子。

大明终于知道这个量子咖啡馆是怎么维持下来的了。那天他一冲动，报了张博士的量子心理学实战课程，12节课共2888元。当然，张博士给了他优惠，前面已经喝过的几杯咖啡全部按正常价28元一杯计算，将大明多付的咖啡钱折算入课程学费中。

大明的量子心理学课稀里糊涂地上完了，学了很多新名词，但大明觉得并不是特别有收获。

一年以后，量子咖啡馆老板张博士被国安局的人请走，说是需要他参与一项保密工作。很快，量子咖啡馆更名为"时间的猫"，还扩增了面积。这是一个有美式乡村风格的咖啡馆，28元一杯咖啡，每天人满为患，大明去了一次，觉得索然无味。

很多年后，大明的一个问题才突然有了答案。

第二次去，他为什么气势汹汹地问了眼镜老板张博士第二个问题——所罗门王的生日，这个问题出现得也很怪。

之前大明并不熟悉圣经的内容，对犹太民族的历史也知之甚少，仅仅是很早以前看过的一部电影里，隐约记得出现过所罗门王。大明为什么冒出要问关于所罗门王生日这样奇怪的问题，为此他还特意查阅了很多资料。

大明回忆起第一次在咖啡馆喝咖啡时的细节，当时他付了款找座位的时候，咖啡馆里唯一一个顾客手里的一本书掉在了地上，大明注意到那本书的名字叫《所罗门密码》。

当时给大明端咖啡的高个子店员还扭头看向那个顾客。

大明翻阅网上书店，买到了那本《所罗门密码》，该书是探讨 AI 科技在未来如何影响人类社会的。

大明终于琢磨明白。看来，在他付款后找座位时，那个顾客掉书的情形，是咖啡馆老板张博士为他精心设计的，包括那个警员假扮的高个子店员送咖啡时的举止，也是引导他注意到那本书，大明记得这个方法在张博士的授课中叫"预埋心锚问题"。

必须承认，量子咖啡馆眼镜老板张博士是一个非常聪明且有趣的人。

如果再见到他，应该问一个什么问题呢？

一个特别简单的问题，只有大明有确定答案，量子咖啡馆老板肯定无法猜到。

聪明如你的读者，如果进入这家量子咖啡馆，你的问题是什么？

横店的花花青春

我叫李大炜，32 岁，未婚。

32 岁这年，我毅然决然从单位辞去公职，打算去横店，成为一名"横漂"。

别误会，"横漂"不是横冲直撞地漂，不是有个说法嘛，在北京奋斗的年轻人喜欢叫自己"北漂"，我现在准备去横店奋斗，重新开始我的人生，所以，我叫自己"横漂"。

至于为什么辞职，我也没太想明白，按理说我的工作还可以，从重点高校毕业后，顺利进入北京的一家半事业型单位，朝九晚五，旱涝保收，致富不足，温饱有余，社会上有地位，家里人有面子，没有大的忧愁烦恼，除了——一成不变的生活，让我一眼看到了六十岁的我。

有一天早晨起床，我对着镜子刮胡子，似乎从镜子里看到了另一个自己。忘了是在哪本书中看到的说法，人的一生，总有那么一刻会遭遇自己灵魂的觉醒。

"人最大的悲剧不是浑浑噩噩地活着，而是用错误的思想指导自己在错误的方向上努力了一生，耽误了自己却不自知。"自从这段铿锵有力的鸡汤文进入我的头脑，它就无比执着地纠缠着我，让我寝食难安，夜不能寐。

不知道从哪里冒出来的勇气，那天我早早地来到单位，打开自己的电脑，用了不到半小时写完了辞职报告，郑重其事打印好，径直到领导办公室交给了我的直属领导。

领导一脸莫名其妙，扫了一眼我的辞职报告，问道："你是怎么回事？抽什么疯？"

"抱歉领导！我十分清醒。"

"你先坐下，我跟你聊几句。"

"不用，我已经想明白了，您不要劝我。"

领导一皱眉说道："这样吧，我不管你遇到了什么事，我给你放三天假，上班以来，你一直没有休过年假，你工作的勤勉我很清楚，你休息三天后来找我。"

"不用，您准许我辞职，我想哪天休就哪天休。谢谢您了！"

那天，我像一个初出茅庐的愣头青出言无忌，我的强硬让领导完全没有预料到，估计把他气得不行。其实，我就是希望快刀斩乱麻，尽快把辞职之事处理清楚，免得自己犹豫后悔，节外生枝。

辞职手续花了一周时间办妥，我把自己的物品整理清楚，打了一个大行李包发回了老家。那边有我堂哥负责接车，先寄存在他做物流的仓库里，我特意反复叮嘱他不要告诉我爸妈。趁着在北京租的房子还有一周时间到期，我给自己放了一个小长假，租了一辆旧的越野车，在北京昌平、怀柔、延庆的大山里转了五天，逛长城、十三陵、爬居庸关，吃农家乐虹鳟鱼，痛快尽兴地享受了一把假期生活。尽管对自己前面的路没有完全想清楚，但仍然怀着些许的兴奋和期待，仿佛回到了十年前大学刚毕业初来北京奋斗的那种状态。

七月一个晴朗的早晨，我拎着一个不大的旅行箱，带了一些必要的衣物和私人用品，坐上了北京直达义乌的高铁列车。下午时分，我出了义乌的高铁站，顺利打了一辆出租车直奔横店。

出租车司机是一个健谈的浙江人，他的普通话明显有江浙一带的口音，出租车出发不久，聊了没两句，他就问我："你说你从北京过来，第一次来横店吧？"

我有点好奇，反问道："我的确是第一次，您怎么知道？"

"从北京过来，先到义乌下，然后打车去横店的，几乎都是第一次来横店。"

我笑了笑，说："还真被您说着了！"

"你去横店干吗？"出租司机兴致渐浓，他追问我。

他这个问题还真是问倒我了，我心里不禁呵呵。跟一个陌生的出租司机，也不方便谈论理想。何况我这个三十开外年纪的人说自己为了理想，恐怕会被他笑话。

我敷衍地回答他："办点事。"

出租司机"哦"了一声，他显然听明白我在敷衍他，也没有继续深问下去。

为了打破尴尬，我开始问他："您是义乌人？"

"哦不是啦，我东阳的。"

"那您对横店很了解？"

"很了解，比较熟悉吧。"

我听他回答得如此肯定，就深问了一句："如果我去横店租一间房子，一个月的房租大概多少钱？"

"那要看你租多大面积，几居室。"

我想了一下，"我就一个人住，不需要多大，不过要可以做饭、洗澡、睡觉。"

出租司机从车里的后视镜看了我一眼，说道："你问我算是问对人了。我给你推荐一个人，你不要多心，我只开出租，不涉足其他生意。这个人我比较了解，是一个餐馆的老板，北京人，在横店很多年了，你去找他，也许可以解决你的问题。"

那天运气不太好，赶上部分路段修路，一路大堵车，我坐的出租车晚上九点多才进入横店，穿过灯火阑珊的街道，在一家仍然营业的兰州拉面馆前停下。

我从出租车的后备箱取下行李，出租司机对我说道："你进了拉面馆，找一个叫彪叔的人，这家面馆的老板，你就直接跟他说要租房子。"

大晚上被出租车带到一个陌生的地方，附近也没看见什么旅馆，突然感觉自己有点鲁莽了，但事已至此，我只得拎着行李箱进了那家兰州拉面馆。

这是一家不大的拉面馆，有七八张桌子，其中两张桌子各有几个客人正在吃饭。我走到点餐台前问道："这里谁是老板？"

"我是。"

点餐台边的一把椅子上，站起来一个身材高大的中年男人，他手里拿着一把破蒲扇，上身是深灰色二股筋背心，下面一条肥大的迷彩裤衩，赤脚穿着一双旧拖鞋，头发有些斑白了，像一个五十多岁的人，但姿态很年轻。

"您是……彪叔？"我有点犹豫地问。

"那是大家客气、抬举我。你也可以叫我彪哥。"被称为彪叔的男人咧嘴乐了，他的牙齿不太整齐，有些熏黄，应该是一个常抽烟的人。

"我想租房子，找您？"我迟疑地问他。

"你刚到横店？还没吃饭呢吧，先坐下，来碗拉面。"彪叔倒是有股子老北京人的豪爽劲儿。

"没事，我晚上一般不吃饭。"我笑着回应彪叔。

"你运气好，正好有一间房空出来，还没来得及打扫。你要是不着急，就先吃面，等我派人打扫了，你再去看看。"

听彪叔这么回答，我反而犹豫了，这似乎也太巧了。

彪叔明显注意到我的表情，就说："看出来你有点着急，这样，我这就带你去看看。"

"就在附近？"

"很近，你我可以走着过去。"

我跟着彪叔刚要出拉面馆门，彪叔看了一眼我的行李箱问道："你的行李箱要不然先放在馆子里？"

我犹豫了一下，说道："我带着过去吧，如果房子合适，我就把行李扔那儿了。"

我拖着行李箱跟着彪叔，穿过两条街来到一个旧楼前。夜深了看不太清楚，应该是一座上世纪 90 年代末的六层砖混楼。我们进了一个单元上了三楼，彪叔拿钥匙打开一个房间门，刚入眼是一个小客厅，客厅里有一台冰箱，冰箱旁的桌子上摆满了锅碗瓢盆和电热壶。

"已经有人住了？"我问彪叔。

"这是一个小两居，一间租给了一个东北的小伙子，他过一会儿应该就回来了。另一间刚空出来。"

"房主是谁？"

彪叔看了我一眼："我的房子，你别嫌旧。"

我乐了："没有，我就是希望租一间价格合适的单间。"

彪叔打开了靠近门口的房间，屋子里有一股奇怪的味道，地上全是破方便面袋子和拆封的包装袋，十分凌乱。

"一看就是一个男的住的，真够乱。"我感叹了一句。

"这你可错了！"彪叔回答我，"这里一直住的是个女人，一个六线小演员吧，跟着几个剧组在横店拍戏，平时出门挺光鲜亮丽的，就是这房间不怎么收拾。"

"这房子男女混住？"我有点惊讶。

"没办法，那个东北小伙子也是刚搬进来，原来这房子是两个女的住，她们租期没到就陆续搬走了。"

"这间房一个月多少钱？"我问彪叔。

"你是希望短租还是长租？"

"价格合适我考虑先租一年。"

"我喜欢长租，省心。你若定下来长租，我马上叫人来打扫，给你收拾出来。"

我和彪叔谈好了价钱，跟着他回到拉面馆。进了拉面馆，一闻到拉面的香气，我感觉自己真的饿了，于是要了一碗拉面。等着后厨做拉面的时候，我对坐在旁边扇扇子的彪叔说道："彪叔，我先暂住三天行不行？我还想明天再找几个地方比较一下，您不介意吧。我按天给您付租金行吗？"

"不介意。"彪叔的大度完全出乎我意料，他突然转

元宇宙架构师

过脸朝拉面馆门口招呼了一声："哎，孙鹏飞，来，你有新邻居了。"

拉面馆门口进来两个人，前面是一个身材高大的小伙子，身高一米八五左右，长得却有点抱歉。他身后跟着一个中等身材、体型偏胖的小伙子，皮肤略黑，有一双很显机灵的黑色大眼睛。

"彪叔，这是我的一个哥们，他叫郭玺，刚到横店没几个月，房租到期了，想在我那里先借住几天。"走在前面的小伙子一边冲我点了点头，一边对着彪叔介绍他身后的大眼睛小伙子，两个人一前一后在我吃饭的桌子边坐下。

"借住没问题，老规矩，需要先在我这里登记。"

彪叔的表情有点严肃，他转脸对我说："你也一样，租房前身份证件需要给我看看，登记留个底。"

那个叫孙鹏飞的小伙子表情明显有点尴尬，他看了一眼身后的同伴，转脸对彪叔说道："彪叔，我这个哥们的身份证刚丢了，他还没补办，但……"

"你别给我要滑头，除非他不在这里住，否则，必须先登记个人信息。你们住在我的房子里，我需要为你们负责，也为我自己负责。"彪叔的严肃认真，与他大大咧咧的形象恰成对比，让我对他不禁刮目相看。

这时郭玺在一旁说话了："彪叔，不好意思啊，我的身份证真的丢了。不过，我的驾照还在，证明我的身份应该没问题。"

晚上十一点，我跟着孙鹏飞和郭玺回到了住处。我的房间已经被人打扫出来了，还算是干净。我把房间的窗户打开，通着风，简单把行李归置了一下，准备上床休息。看见客厅灯一直亮着，还有人在说话，我就开了房间门走到客厅。

孙鹏飞和郭玺都在，两个人见我出来，明显有点不好意思，孙鹏飞对我说道："抱歉啊大炜哥，我们商量点事，打扰你睡觉了。"

我对孙鹏飞说道："我平时也睡得晚，没事。"

这时郭玺问我："大炜哥，你也是刚来横店？"

我点点头说道："没错，今天是第一天。"

"你来横店做什么？"郭玺似乎对我格外感兴趣，他直愣愣地问我。

我犹豫了一下："我想到这里试试另一种人生。"

我看他们两个似乎都感觉有点意外，于是就补充了一句："我想当演员。"

孙鹏飞和郭玺沉默了三秒，孙鹏飞突然冒出一句："其实，我是一个演员。"

"哈哈哈哈哈哈……"我们三个人同时爆发出默契的大笑。

"这台词你也熟？"孙鹏飞问我。

"周星驰星爷的片子，我喜欢。"我笑着回答。

"同道中人！"郭玺热情地跟我握手，"欢迎一个新战士进入横店炼狱打怪升级！"

我一边跟他握手，一边问："听你口音好像西北那一带的？"

"甘肃天水人，祖上都是农民。"郭玺非常直率。

"你呢？"我转脸问孙鹏飞。

"东北那疙瘩的，大城市铁岭人。"孙鹏飞咧着大嘴乐，露出两排整齐的牙齿。

我乐了，对着空气微微欠了一下身："鄙人，江西南昌人。"

"豫章故郡，洪都新府。星分翼轸，地接衡庐。"郭玺在一旁大声诵读，挥手的姿态有些夸张。

"《滕王阁序》，可以啊！"我不禁夸他。

"大炜哥，不怕你笑话。我就是一个农民的孩子，不像你，一看就是知识分子，读书多。我特怕别人瞧不起，就拼命背东西，只要是我觉得好的东西，我都会背下来！"郭玺对我解释道。

孙鹏飞似乎见怪不怪："哪天大炜哥你有空，看看郭子一个人表演人艺的《茶馆》，里面所有人的台词，他都能给你活灵活现地演出来。"

郭玺赶忙接话："我这不算什么，孙鹏飞还能用英文来一段莎士比亚的哈姆雷特，to be or not to be, that is the question，我的发音标准吗，孙老师？"

我乐了。"看出来，你们都是真心热爱表演，不像我是脑袋一热，半路出家。不过，你们哥俩一口一个哥地叫我，你到底多大？"我先问孙鹏飞。

"我 96 年的。"

"那你还小。"

孙鹏飞苦着脸回答："不小了，26 岁了。这行业，成名若不趁早，还能吃几年青春饭啊，我现在愁得晚上睡不着，一起床发现大把大把掉头发。"

"大炜哥你哪年的？"郭玺在一旁问我。

我正暗自咂舌，没敢报自己的真实年龄，"我 92

年的。"

"那咱们差不多，我94年的，我们是三个奋斗的九零后。"郭玺对着空气挥了挥拳头，声音也激昂起来。

孙鹏飞笑着说道："那大炜哥是老大，郭子是老二，我是老三，咱们哥仨桃园三结义，横店三个……三个……"他说到这里卡壳了。

"横漂，横店三横漂。"我接上他的话。

"什么？横漂，哈哈，横冲直撞地漂，这个词我喜欢。"郭玺在一旁显得很兴奋。

"那我们就是横漂三人天团组合！"孙鹏飞也兴奋了。

这时，郭玺突然对我说道："大炜哥，我要是没猜错，你应该在政府大机关里坐过办公室。"

"我没在政府机关做过，不过，曾经在一家事业单位做过，现在辞职了。你是怎么看出来的？"

"你就是那种，怎么说，网络上说的厅里厅气的人，像个机关干部，很有官气。"郭玺的回答角度很新颖。

"你是说，我不太适合来这里？"我故意问郭玺。第一次听人这么说我，心里还是很受用的。

"不是不是，我是说，你的气场太干净，一看就没受过什么打击。"郭玺赶紧解释。

这时，门铃响了，孙鹏飞走过去开了门。

门口站着一个三十岁左右的少妇，皮肤白皙，面容姣好，她的头发盘在脑后，露出修长的脖颈，肚子微微隆起，明显是有孕在身。

"嫂子！"孙鹏飞对着她叫了一声，问道："嫂子这么晚还过来看我们？"

"没办法，店里事情太多。"被孙鹏飞称为嫂子的少妇进了屋，冲我和郭玺点了点头，说道："你彪叔现在还在店里忙。他说今天给李大炜收拾房间时，发现客厅的空调坏了。天太热，修空调的师傅得后天来，彪叔怕把你们三个大小伙子热坏了，嘱咐我送一个风扇给你们。"

正说着，一个小伙子扛着一台立式风扇进了屋。

"谢谢谢谢！"孙鹏飞一叠声地谢着少妇，并指导着小伙子把立式风扇在客厅里摆好，接上电源。

风扇的风力很足，不一会儿，屋里的人都感觉到了凉风带来的清爽。

少妇在厨房和卫生间转了一圈，回到客厅对我们说道："你们有什么事就跟彪叔说，千万别见外。"

孙鹏飞点头说道："嫂子，您这也太为我们上心了，这点小事不值得您亲自跑。"

少妇笑了："小孙见外了啊！我得赶紧回去了，有事打电话吧。"

少妇带着小伙计走了。

"刚才那是彪叔的媳妇儿？"我问孙鹏飞。

"是啊。"孙鹏飞一边弯着腰调着电扇的摆头方向，一边回答我。

"看上去好年轻，比彪叔小二十岁都有吧？"

"没有，小六七岁吧。主要是彪叔显老，彪叔今年也就四十二三岁。"孙鹏飞的回答让我和郭玺都有点意外。

"这个彪叔什么来路，我是说，什么背景？听他口音像一个老北京。"我继续问。

"他啊，还真是北京人，喜欢与人聊天，很早就来横店了。"孙鹏飞调好了电扇，站直身体对我说。

"彪叔应该属于最早的一批横漂吧。我听他讲，2001年初他就来横店了，一直没什么成就，群演都混不上的角色。2002年的时候，同样是横漂的嫂子怀孕了，彪叔一着急，就回去把北京的房子卖了，在横店买了五套房，就在这里安了家。"

"五套房？"郭玺在一旁直咂舌。

"当时横店的房子八百一平米没人要，现在卖九千一平米，彪叔拿两套房用来自住，三套房子出租。"孙鹏飞白了郭玺一眼。

"那彪叔也算是成功人士。"我开了一句玩笑。

"彪叔是一个特别有意思的人，他有一套自己的理论体系，叫什么第二落点理论：人生的成功在于第二落点要把握准。"孙鹏飞说道，"明天你们有时间，不妨跟他盘盘道，肯定有收获。彪叔用房租赚的闲钱盘下这个拉面馆，招待从五湖四海来奋斗的横漂，坐而论道，是彪叔喜欢的日常生活。"

我听了孙鹏飞的话，陷入了思考，这时，郭玺突然冒出一句，"老大，我听你说明天还要找房子？"

"对。"我有点惊讶他耳听八方的能力。

"别了，大炜哥，你听我一句劝。"孙鹏飞接过话来说，"彪叔不仅租房子价格公道，而且还很热心，你需要帮助的时候，他会毫不犹豫援手，相信我，你明天就跟彪叔签个长约住下。"

我看孙鹏飞一脸的真诚，于是说道："我相信你。"

"你来这里当横漂是图什么？"

第二天晚上，当我和孙鹏飞、郭玺三个人围着彪叔坐下的时候，彪叔表情严肃地开始发问。他怎么看都不像一个有钱人，手里拿着一把破蒲扇摇着，带着老北京人与生俱来的聊天气场，高屋建瓴地展开了当天的话题。

"你说，郭玺，你来横店图什么呢？"孙鹏飞故意欺负郭玺，让他先接招。

"我真没仔细想过。我是读书读不进去，干农活没兴趣，做服务员、快递嫌辛苦，我觉得我可以当明星。"

郭玺的回答让大家笑成一团。

"你把当明星想成最容易走的路了，横店是中国的好莱坞！这世界上有多少人想通过这座独木桥登上星光熠熠的人生大道，你知道不？"孙鹏飞故意大声训斥着郭玺。

"你先别做明星梦，先看看如果失败了自己能不能承受，去看看街上的王叔。"彪叔倒是心平气和，他摇着破蒲扇说。

"哪个王叔？"

"就是那个疯子，每天早晚在街上遛两趟，捡垃圾桶里的垃圾吃，总说一套台词。"

我想起来了，今天在街上买日用品时看见过这么一个人，四十多岁年纪，神神叨叨的，一边走一边自言自语，仿佛与空气对话。

"你们可别小瞧他，他正儿八经科班出身。"彪叔接着说。

"科班出身？"郭玺有点惊讶。

"横店真的是中国的好莱坞，来这里追梦的人多了去了。"彪叔笑了，"敢小瞧横店？这里一个按摩店的搓脚妹，可能是全中国最漂亮的，你信不？"

"彪叔，都说您见多识广，您给我们几个相一相，我们仨谁最有可能出名？"孙鹏飞赶紧把话题拉了回来。

彪叔摇着扇子仔细看了看我们三个人。

"我看，孙鹏飞还有那么点出名的可能。"

"啊？"我们三个一致感觉难以置信。

孙鹏飞自知自己的长相比较抱歉，心里肯定在窃喜，但表面上也故作惊讶。

彪叔一摇手里的扇子，笑着说道："你们看，外行了吧。你们还是没有搞清楚演员出名的潜在规律。"

"什么潜在规律？"我们三个异口同声道。

"一个演员，首先要让人印象深刻、过目难忘。哪怕你在电影里一句台词也没有，只要有一个镜头，你就能让人家记住你。"

"有道理！"我们三个同时点头。

"这叫做一个演员的修养。"彪叔接着说，"参考相声界的一个说法，那些成名成家成大腕的相声演员一般都是丑帅怪。"

　　彪叔停顿了一下，看着我说道："比如李大炜，你是三样你一样都不占。你五官端正，身材不胖不瘦，头发不见秃少，眼睛也不露凶光，就是一平常人。你想火？太难了！"

　　我被打击得心情一落千丈，还隐隐有些不服气。

　　"彪叔，你给解释解释，什么叫丑帅怪？"孙鹏飞很好奇。

　　"咱先说帅。最有代表性的就是梁朝伟、刘德华。人长得帅，那是老天爷赏饭。"彪叔的蒲扇摇得更快了。

　　"当然还有一种帅——表演帅，你看于和伟老师，他的长相特点不那么明显，形象正派，但表演吃功夫啊，他演的反派人物你们谁注意过？演谁谁活，过目难忘，没人能比吧。"彪叔的话匣子打开，滔滔不绝，我们都插不上话。

　　"那'怪'呢？"孙鹏飞接着问。

　　"我看，王宝强就占一怪。"彪叔挥着破蒲扇赶走一个苍蝇，接着说，"早先，王宝强的表演比较内敛，电影

《天下无贼》里演傻根，虽然稚嫩了些，但十分到位。后来走流量明星路线，演贺岁片，逗人开心那种，表演开始搞怪夸张，在《唐人街探案》中尤其明显，但观众们喜欢。"

"王宝强是我们这些草根心目中的逆袭英雄，彪叔您不能这么说他。"郭玺鼓足勇气反驳了彪叔一句。

"好吧，不说他不说他，一家之言。"彪叔摇着扇子咧嘴直乐。

"咱不抬杠，让彪叔再给我们说说'丑'。"孙鹏飞对郭玺说。

"论丑，第一明星当属周星驰星爷的黄金搭档吴孟达。我第一次在屏幕上见着他，这副苦大仇深的脸，就觉得这位爷太有戏了，每个毛孔都有故事，如果不是星爷演的男一号出彩，真压不住他。"彪叔说到这里，大家忍不住纷纷点头。

突然，孙鹏飞恍然大悟地问："彪叔，您说我有可能出名，不是拐着弯儿说我丑吧？"

大家顿时笑得前仰后合。

"刚才我是从长相上分析。其实，更准确地，是从性格上分析。"笑声渐歇后，彪叔接着聊。

"您再给我们分析分析。"大家都被彪叔牢牢吸引住。

"我瞎白话啊,你们就当笑话听吧。"彪叔不忘了谦虚一句。

"我们都乐意听,您说。"

"性格非常关键,不是有那么一句话,性格决定命运。"彪叔说道,"比如,你们三个人吧,其实郭玺的形象最好。"

"哦?"我们三个人不约而同发出惊奇声,彪叔的观点总是让人耳目一新。

"怎么讲?"孙鹏飞有点急不可耐。

"你们没仔细观察,郭玺像谁?"

"似乎像一个港星?"我犹豫地说了一句。

"对,刘青云。"彪叔的回答很肯定,"我只熟悉那个年代的港星啊,我看片子的时候,没现在这么多小年轻,这星星那星星的都叫不出名字。那个时代的港星有一些挺棒,刘青云算一个。"

我和孙鹏飞开始仔细看郭玺,看得郭玺有些害羞。还真是,郭玺的侧脸尤其像刘青云。

"郭子有点大明星范儿,但是郭子有个弱点。"这时彪叔的话开始反转了。

大家不禁都竖起耳朵仔细听。

"郭子的性格，我觉得偏柔，不够刚，不够霸道。这个性格会妨碍你的发展。"彪叔对着郭玺严肃地说。

"这您都看得出来？"郭玺的问话表明他承认了彪叔的观点。

"我也算是走南闯北，有一些阅历，有时候跟人聊几句就能判断个八九不离十。"彪叔有一点小得意。

"那我们三个性格中最有狠劲儿的是谁呢？"孙鹏飞有点故意地问道。

彪叔拿破扇子一指我，"这个人，江西老表。"

"哈哈哈哈，江西老表。"孙鹏飞和郭玺笑翻了，我则有点尴尬。

"当年红军起家的队伍中，很多江西人，你们笑啥？"彪叔认真了。

"相信我，李大炜不成功则已，成功了就不会小。"彪叔最后补充了一句。

孙鹏飞夸张地伸出双手拉住我的胳膊说道："大炜哥，老大，苟富贵，一定拉兄弟们一把！"

大家那天聊得非常开心。

横店的艰苦完全出乎我的想象，当然，我们"横漂三人天团"兄弟几个互相帮衬，也有不少乐趣。

　　我到横店的第二天，孙鹏飞、郭玺就带着我到影视城演员工会登记，我正式成为一名有演员证的在册临时演员。

　　很快，孙鹏飞给我们三个争取了一次群演的试镜机会。按照孙鹏飞的介绍，这次机会十分难得，因为在横店，每天都有五千多人围着影视城争做普通群演，竞争激烈到每天早晨五点就有人排队等着试镜。这次孙鹏飞争取来的是普通群演可以升级为前景演员的试镜，如果成功升级为前景演员，不仅可以有机会与大牌演员搭戏，而且每天的工资都比普通群演多一倍。

　　那天拍的是一个民国时期的主旋律电影，讲述的是地下党潜伏在敌后坚持斗争的故事。我们"横漂三人天团"拿了剧组发的衣服换好，挨个去影棚试镜，结果，我和郭玺被选上，跑前跑后的孙鹏飞反而被刷下来了。

　　孙鹏飞非常沮丧，我和郭玺紧着安慰他："老三，别这么愁眉苦脸的，咱们不是商量过吗？无论谁出名都会拉上另外两个兄弟。这个戏演完，我们哥俩儿回去请你吃火锅，你别急，下次如果再把你筛下来，我们哥俩也不演了。"

孙鹏飞苦笑地说："你们哥俩儿珍惜机会吧，好好演，争取混一个露脸的镜头。"他一个人耷拉着脑袋，孤单单地离开了影视城。

副导演开始分配任务，我和郭玺各饰演一个租界巡警。记得那时已经是七月底，天气炎热似火。我穿着一身黑色巡警服站在太阳底下，感觉浑身刺痒难耐。值得欣慰的是，总共拍了三条露脸的镜头，我心里暗自窃喜，幻想着等这个影片上映了，让家里人看看，给自己提提气。

更值得一说的是，拍摄女一号被租界巡警逮捕的情节时，我演其中一个租界巡警，和另一个演巡警的群演一起，将女演员反剪双手铐上手铐押走，当时导演特意让摄影师给女一号来了个特写，我就站在女一号身后。有女一号的光环加持，想必能出镜，我感觉自己一冲动离开北京的决定是对的。

拍了整整一天，我和郭玺拖着疲惫的身躯回到住处。一进门，看见孙鹏飞正倚靠在床上看手机，郭玺问："老三，没吃饭呢吧，咱们出去吃点？"

"没胃口，没心情。"孙鹏飞换了一个姿势，继续看

　　　　　　　　　　　　　元宇宙架构师

手机。

"出去吃火锅，老大请客，刚才大炜哥说了。"郭玺
走过去拉孙鹏飞。

"不去了，你们去吧。"孙鹏飞抵抗着，还是躺在床
上不动。

我看了郭玺一眼，示意他别劝了。我故意大声问：
"郭子，那咱们也不吃了。不过，你觉得今天那个女一号
怎么样？"

郭玺心领神会，回答道："人是真漂亮，不过感觉不
太会演戏。"

这时孙鹏飞从床上坐起来，说："你们给我说说今天
有什么收获？"

我和郭玺乐了。"得了，你起来吧，我们讨论一下今
天表演的得失。"

孙鹏飞一骨碌下了地，迈着大步走到客厅开了冰箱
门，拿出一瓶农夫山泉，开了盖边喝边说："这我喜欢听，
你们赶紧说。"

我和郭玺把一天拍戏的过程和细节都给孙鹏飞说了，
孙鹏飞急得大叫："你们这是在浪费机会啊！尤其是你，
老大！你都是前景演员了，还不给自己加点戏！"他夸张

地做痛心疾首状，用手直拍大腿。

"下次再有机会，你应该这么演……"孙鹏飞干脆给我和郭玺当起了老师。

过了没多久，孙鹏飞又争取到一次群演试镜的机会。

那次是一个剧组招募群演去演八路军战士。我和郭玺顺利通过试镜，副导演觉得孙鹏飞的长相实在不太适合演八路军，他个子又太高也不适合去演日本兵，最终淘汰了他。孙鹏飞忙乎了半天，又一个人默默离开，我和郭玺商量演完戏回去，必须好好安慰一下他。

那天拍戏遭了大罪。我穿着一套臭气熏人的灰色旧道具服，被熏得有点睁不开眼睛。我猜这些旧道具服一定是被无数群演穿过，也没有人洗，所以卫生状况堪忧。那天是八月初的一天，气温高达35度，我头戴着一个缴获的日式钢盔，钢盔里一股发霉的味道直冲鼻腔，让我站立不稳，几乎中暑。

那天，导演也不知道搭错了哪根筋，临近大中午，让上百个演员趴在田地里，反复起立冲锋，在烟火中拼刺刀。

导演一口气拍了20条还不让过，演员们累得直接躺

　　　　　　　　元宇宙架构师

地上不起来了。

男一号是个角儿，记得似乎是在某电视综艺节目露过脸的那种，清瘦的小白脸，皮肤特别嫩。拍戏间隙有一个女助理给他打伞，让他回自己的房车里休息。

中午吃盒饭的时候，我问郭玺："郭子，男一号能行吗？像女人一样水嫩，当年的抗日英雄哪有这么个形象的？"

郭玺笑了："没办法，导演说必须用他，人家是流量明星，观众喜欢。"

"他怎么出名的啊？也没见他拍过几部剧啊。"

郭玺突然神秘地压低声音对我说："你别乱说啊，他的女友是个富婆，比他大十岁，花巨资捧他。"

"这么有意思？"我惊讶的表情让郭玺嘿嘿直乐。

吃完盒饭，大家继续拍戏。

天气的燥热加上反复地重拍，让在场的所有人几近虚脱。拍片间隙，我靠在一个有阴影的角落，大口喘着粗气，感觉口渴难耐。我四下张望着找水，这时，一个眉清目秀的女场记走过来，给我递了一瓶矿泉水，我感激地对她说了一声谢谢，女场记抿嘴笑了一下，转身走开。

这时，副导演拿着话筒对着大家喊："大家再坚持一下，过一会儿剧务送绿豆汤来，大家别中暑。喝完绿豆汤继续拍，导演说了，今天拍不完，谁都不许走！"

群演们发出一片撕心裂肺的哀嚎声。

拍完一天的戏，我和郭玺回到住处，发现孙鹏飞正在收拾行李。

郭玺冲到孙鹏飞身后，一把抱住他说："老三，打死我也不让你走！都是我不好行吗？"

孙鹏飞挣脱开他的双臂，说道："你们哥俩不用安慰我，我订了后天飞湖南的机票，一个戏剧学院的老师介绍的剧组，比较靠谱。我去试镜，演反派第四号人物，有几个竞争对手，你们祝福我吧。"

"那我明天就去给你上炷香。"郭玺盯着孙鹏飞大声说道。

"别贫了，你的事办得怎么样？"孙鹏飞转脸看了郭玺一眼问道。

郭玺的眼神黯淡下来，没有回答。

"郭子什么事？"我问郭玺。

"老大，本来不想告诉你，正好你问了，郭子还是你

　　　　　　　　　元宇宙架构师

自己说吧，别抹不开面子。"孙鹏飞在一旁回答了我。

郭玺低着头说道："老大，不瞒你，我其实来横店两年多了，老三知道，一直入不敷出。中间不得以，我跟着一个跑长运的老板半年多，跑长运赚钱补贴演戏。"

"什么跑长运？"

"长途货运。"

"明白。"我点头示意他继续说。

"上个月我弟弟结婚……"

"你有个弟弟？"

"对，亲弟弟，一直在老家种地，陪着父母。我父亲需要我出钱帮弟弟盖个新瓦房，向我要钱，我这收入，有一搭没一搭的，哪里来的钱，我找鹏飞借了两万，不得以又找长运老板借了八万，给我父亲邮回去了。"

"然后呢？"

"长运老板最近生意不好，手头紧，要我赶紧还钱，我还不上，身份证扣他那儿了。"

我现在明白，为什么孙鹏飞对彪叔说郭玺的身份证丢了。

"老大，这种烂事你别掺和，你是一个文化人，这种事让我们哥俩应付就完了。"郭玺很诚恳地对我说。

"你现在需要多少钱？"我径直问他。

郭玺愣住了，他沉默了一会儿，说道："总共欠八万，中间我凑了两万还过一次。"

"那还欠六万？"我问郭玺，他点点头。

"别不好意思，你们平时叫我一声老大，现在郭子有困难，我得帮兄弟一把。"我对着两个人说道，"我这次来横店，总共带了十万。工作十年，就攒了十万块，很惭愧。"

我接着说："到横店七七八八已经花了一万多，我还有不到九万，借你六万可以。"

"别介。"孙鹏飞插话了，"郭子也是我兄弟，我这里还有一万，老大你出五万吧。"

郭玺的脸在抽搐，看得出他十分感动，但他没有说话。

孙鹏飞看了郭玺一眼，对我说："老大，这次不能让郭子一人去还钱，他太老实，我怕他吃亏。"

"什么时候还钱？"我问郭玺。

"就约明天吧，我走之前，必须跟他去一趟。"孙鹏飞没等郭玺回答，先说出了自己的决定。

"那我们哥仨一起去。"我对他们两人说。

元宇宙架构师

孙鹏飞犹豫了一下，说："行！不过，老大你的形象不行，你长得太文气。"

听了他的评价，我不禁气乐了。

"老大你有黑墨镜吗？"孙鹏飞很严肃地问我。

"有。"我点头。

"你戴上墨镜去吧，但不要说话。"孙鹏飞最后嘱咐我。

第二天，我和孙鹏飞取了钱，三个人一起去见那个跑长途货运的老板。

在一家国道路边的烧烤店，我们见到了借给郭玺钱的长运老板。他穿着一件黑色T恤，脖颈上有一条粗大的金链子，个子不高，短发微须，眼神犀利，身后站着两个面相凶恶的人，一个高个子脸上有刀疤。

"你们带了六万，就想给郭玺还钱？"那长运老板倚靠在一把椅子上问我们，态度很有些不屑和傲慢。

孙鹏飞看了一眼旁边的郭玺，回答道："大哥，这钱可能是不够，但我们求你，让他还了本金，利息免了吧。"

"你叫我大哥，你是谁？"长运老板的语气略带挑衅意味。

"我是他兄弟。"孙鹏飞的态度很诚恳。

"兄弟，好，我就想问你一句话，凭什么？"

长运老板直接甩出一句话，霎时让空气凝固了。

我在一旁琢磨，如果过一会儿动起手，我先抱住紧挨着我的那个高个子刀疤脸。

"杀人偿命，欠债还钱，天经地义。"长运老板歪着头对孙鹏飞说，"你兄弟他自己跟我签的借款协议，你要不要看看？"

"我还过您两万。"郭玺在一旁插嘴，孙鹏飞回头瞪了他一眼。

"利息呢？剩下的钱没有利息？"长运老板抓住了话柄，更加咄咄逼人。

"那……他还差您多少？"孙鹏飞问道。

"七万块钱吧。"长运老板轻描淡写地说。

"我们这里只有六万，全部，还是凑的。"孙鹏飞看着长运老板的脸，真诚地说。

"那不够。"长运老板拿起桌上的烟盒，抽出一根烟点上，深吸了一口，开始吐烟圈。

空气变得更加沉重压抑。

"怎么都不说话了？我又没诓他。"长运老板不耐烦了，逼问了一句。

我发现孙鹏飞低着头一直在咬牙，长运老板座椅后面，一个一脸横肉的小子阴着脸开始活动自己的手腕。

"你们这回三个人来，还有一个戴着墨镜，怎么着，准备还不起钱跟我玩黑社会啊？"长运老板的话越来越刺激人。

孙鹏飞突然扑通一声在长运老板面前单腿跪下，全场人都被他的举动惊着了。

"大哥，什么废话没有，就求您放我兄弟一马。这次您把这六万收了，我就是您小弟，您让我干啥都行。"孙鹏飞的话声音不高，但是分量十足。

长运老板愣了一下，他没想到孙鹏飞会这么回答他。只见他在桌子上按灭了香烟，皱着眉，伸出满是刺青的手臂，撸着跪在眼前的孙鹏飞的后脑勺，仔细盯着孙鹏飞的脸看。

良久，长运老板点了点头，低声说道："看你小子是一个人物。"

他转头对高个子刀疤脸说："给他开瓶白酒。"

刀疤脸把一瓶白酒开了放在桌子上。

"你把这瓶吹了，我认你这个小弟，钱就收六万，利息一笔勾销，怎么样？"长运老板最后对孙鹏飞说道。

孙鹏飞站起身，低头看着桌子上的白酒瓶，沉默了三秒，端起酒瓶一口气喝了下去。

离开长运老板，回去的路上，郭玺被吓坏了，他一直问孙鹏飞："老三，行不行，要不咱去医院吧？"

孙鹏飞一直铁青着脸不回答，直到我们三个人打车回到我们住的小区，下了车，上了楼，进了屋，孙鹏飞突然乐了。

郭玺看见他乐了，长吁一口气，说道："老三你不能这样，太吓人了，我以为你喝坏了，脑子喝傻了！"

孙鹏飞回答道："我对自己的酒量有估计。前两年和几个老乡小聚，我们喝了两箱啤酒后，我跟一个号称'千杯不倒'的哥们拼酒，当时就吹过一瓶白的，所以喝酒我不怕。"

帮郭玺一举了结了他借高利贷的事，我们三个人都很畅快高兴。第二天一大早，孙鹏飞打车去机场，飞湖南找新剧组试镜去了。郭玺则约了一个做剧务的老乡吃饭，希望剧务老乡向关系比较铁的导演推荐自己，可以上一部大戏，演一个不是跑龙套的角色。出门前，郭玺很兴奋，他向我讲了自己的计划。郭玺明显是受了孙鹏飞的鼓舞，准备请老乡约上导演吃一顿大餐，吃大餐时上几瓶好酒，通过拼酒提前预定自己的角色。

郭玺出门后，我有点无所事事，在自己的屋子里看了几页书，待到中午吃过饭，下午干脆出门去红军长征博览城转了转，把景点参观了一遍。晚上七点回到拉面馆，馆子里亮着灯但没有顾客，我进门问了一个在屋里收拾桌椅的小伙计，他告诉我彪叔因为孩子发烧，和嫂子一起带着孩子去了医院，今晚的拉面馆早早就打烊了。

我在街上买了几个包子回了家，一边看书，一边把包子吃了，不知不觉到了晚上十点半，正准备上床睡觉，郭玺的电话打了进来："老大，真不容易，我的剧务老乡答应帮我约剧组的副导演出来一起坐坐，我们还在影视城忙乎，估计半小时后收工出来，你要不要也见一见那个副导演？"

我一听，感觉可能还真是一个机会，就对他说："我在影视城外的鲜生烤鱼店等你们，十一点肯定到。"

晚上十一点，我在烤鱼店等郭玺，为避免烤鱼店老板忌讳我，我特意点了一瓶啤酒和两个凉菜，挑了摆在街边的一张大桌子坐下，一边喝着啤酒，一边等郭玺的消息。

过了半个多小时，郭玺那边一点动静都没有。眼看就晚上十二点了，我有点心急，往影视城出口方向张望。就在此时，一个身材窈窕的美丽女子提着一个浅粉色坤包，从影视城方向走了过来，只见她走到鲜生烤鱼店的街对面，站在街灯下看手机，似乎在等人。

这时，我身后突然有人粗声大气地喊道："老板，买单！"我回头一看，我身后那桌喝酒的三个汉子，喝得醉醺醺的，一个大肚子的壮汉正在向烤鱼店的伙计招手。

三个人很快结完账，互相搀扶着走到街对面，其中两个人互相挎着肩膀有些踉跄，那个大肚子壮汉走近了站在街边等人的女子，突然，他把手臂伸向那女子的后背。

"干吗呀！"那女子尖叫了一声，厌恶地推开醉汉的手，向后退了两步。

那醉汉踉跄向前两步，嘴里似乎嘟囔着，身体再次贴近那女子。他的两个喝醉的伙伴也嘻嘻哈哈跟了上去。

那女子轻盈地闪过向她靠近的醉汉，快步走过马路，走向我坐的桌子。

三个醉汉则骂骂咧咧地追了过来。

这时，我看见烤鱼店里的一个伙计站在店门口观望，明显有点犹豫是否该插手管一管。

　　　　　　　　　　元宇宙架构师

这时，那女子已经走到我附近，正拿着手机拨打电话。

我很愤怒，一般情况下，我不愿意管闲事，但是，事情就发生在眼前，不管有点说不过去。麻烦的是，对方是三个醉汉，我这边只有一个人，如果孙鹏飞和郭玺都在，毫无疑问胜算很大，可惜他们俩都不在。

我手机里没有存附近派出所的电话，报警肯定来不及了。眼看着三个醉汉又醉醺醺追回到这边，事已至此，不容回避。我站起身，冲三个醉汉喊了一嗓子："你们想干吗？这是我女朋友！"

我瞥见那女子惊讶地扭头看了我一眼，我来不及解释，抄起啤酒瓶，在桌子上砸碎，露出尖锐的玻璃刃。这是孙鹏飞介绍过的打架经验，必须先从气势上震慑对手。

我的耳鼓被那女子惊恐的尖叫声狠狠撞击了一阵。

对面为首那个壮汉还没停下脚步，但他明显愣了一下，看来我的举动还是产生了效果，于是我走前两步盯住他大喝一声："站住！你真想动手吗？"

那壮汉用醉眼斜睨着我，不情愿地把脚步停住了，明显犹豫了起来，他的两个喝醉的伙伴则在他的身后停了下来，三个人的身体都有点摇晃。

我和三个醉汉对峙了半分钟时间，这时，影视城那边走来很多人，声音嘈杂，三个醉汉似乎都有点酒醒，壮汉在两个同伴的拉扯下，灰溜溜地走了。

"思思，你还在等我？"影视城那边走过来的一群人中，有一个女声传了过来。

我循声一看，是那个在片场给我递水的女场记。

"对啊，刚才不巧，碰见了几个浑小子。"被叫做思思的女子微笑着回答。

"我们在远处看见了，这不，我拉了几个小伙伴赶紧赶过来了。"女场记回答。她身边有四五个年轻的男演员纷纷走过来问候："思思姐，没事吧？"

"没事。"被称为思思姐的女子笑了，"就是几个醉汉，他们已经走了。"

我见他们都认识，思思也安全了，于是准备悄悄地离开。突然，我听见一个女声大声说道："哎呀，你的手？"

只见那个女场记指着我的手，示意让周围人关注。

我低头一看，才发现自己也没注意，手上已经血流如注。看来是当时砸碎啤酒瓶后，因为太紧张，手被破啤酒瓶划破了。

"你需要马上去医院。"

"你伤得重不重？"

周围几个人七嘴八舌地围上来，给我出主意，思思也走近几步，关注地看着我。

"不用，应该就是擦破皮了。"我感觉手并不是很疼，猜测应该是皮肉伤，于是我接过一个人递来的纸巾擦了一下，发现是右手虎口处有一道划伤。

"皮肤外伤，没事。"我笑着对所有人说，"我自己回家包扎一下就好了。"

"你跟我们走吧，我们住得不远，给你包扎一下我们也放心。"女场记热情地邀请我，思思在一旁微笑地点头，她笑起来脸颊有一对迷人的小酒窝。

思思的微笑打动了我，我用几张纸巾捂住了伤口，跟着她们两个人走，很快我们进入了一个高档小区。

我们进了一个单元的电梯上了九楼，出了电梯，来到一个豪华装修的电梯间，思思用钥匙开了一扇门，回头对我说："进来吧！"我们三个人前后进了房间。

这是一个精装修的三居室，房子很新，配有白色的欧式家具，屋内十分整洁，还有淡淡的香气。

思思指了一下客厅的沙发，对我说道："你先坐啊。"她打开冰箱门给我取了一瓶冰咖啡，然后进了卧室。

那个女场记则在另一个沙发上扔下包，转身在电视柜边的一个柜子里翻了起来。

这时思思出来问："桃桃，你在找什么？"

"创可贴，碘酒，还有纱布。"桃桃一边回答，一边在抽屉里翻找。

"我这里有纱布，还有云南白药。"思思说着，把拿出来的纱布和云南白药放在沙发前的茶几上，然后和桃桃一起翻找。

看着两人为我忙碌，我心里涌起一阵感动，感觉自己今天的壮举挺了不起的。

不一会儿，桃桃拿着创可贴、碘酒走到我的沙发边，"你坐里面的沙发，我帮你清理一下伤口。"

我听她的话换坐到茶几后的大沙发，桃桃则熟练地拿出棉签，蘸着碘酒为我清洗伤口。她提醒我说："涂碘酒可能有点疼哦。"

我笑了："没事，我不怕疼。"

这时思思也坐在沙发上，关切地看着桃桃忙碌。我为了避免尴尬，没话找话地说：

"这是一个三居室？"

"对！"思思点头。

"收拾得真干净，就你们两个住？"

"对，我们两个人住，有一间房子空出来做衣帽间和化妆室。"思思刚说完，她的手机铃响了，思思接起了电话，进了卧室。

这时郭玺电话也打了进来，我接起来一听，郭玺在电话里很兴奋地对我说："老大，副导演没约上，我做剧务的老乡跟我出来了，咱们一起吃点不？"

我乐了："我没等到你，先回家了。"

"是啊？我可看见你跟着两个美女走了。"

"呵呵。"我差点乐出声，必须佩服，郭子的情报探查能力是一流的。

"我回去跟你说。"我故作神秘回答他，然后挂了电话。

这时，桃桃已经为我清洗完伤口，她先给伤口涂了一些云南白药，然后贴上创可贴，再用纱布包扎，十分耐心细致。

我看着她一层层为我缠纱布，突然想起一个问题，于是对桃桃说道：

"我好像在哪部剧里见过思思。"

"去年热播的穿越历史连续剧《甜蜜的大宋王朝》。"桃桃抬头看了我一眼，提示了我一句。

"哦对，思思演的好像是那个静妃？"

桃桃没有回答我，继续为我的右手缠纱布。

我尴尬地沉默了一会儿，发现思思一直在打电话，于是，我试探地问桃桃："这么晚，是她男朋友打来的吧。"

"不是，应该是导演。"桃桃的回答很肯定。

我突然发现自己并不擅于聊天，似乎把天聊进了死胡同。

我又想起了一个话题，对桃桃说道："记得上次拍戏，你递给我一瓶水，我都没来及感谢你。我听思思一直叫你桃桃？"

"谢什么，都是小事。我叫桃桃。"桃桃包扎完，仔细看了看我的手，似乎很满意自己的成果。随后她抬起头看着我说道。"我姓陶，单字一个木桃的桃。"

"哈哈，这个名字叫起来很好听！桃桃。"我一顺嘴就说了出来。

桃桃被逗笑了，露出珠润洁白的牙齿，她问我："你叫什么名字？"

"李大炜。炜是火字旁的炜。"

"你是新来的吧，面孔比较生。"

"对，我来横店做群演还不到一个月。"

这时桃桃站起身，走到电视柜旁的柜子，把碘酒、纱布收拾好。我接着问她："思思的全名叫？"

"简睿思。"

"哦对。"我暗自嘲笑我的记性，那个演静妃的女演员是叫简睿思，我还看过关于她的一些报道。

思思还在屋子里打电话，我对桃桃说道：

"这么晚了，我也不方便久留，我先撤了，你跟思思说一声。"

"别，你跟她打完招呼再走吧。"桃桃拦住了我。

这时思思出来了，桃桃对我说了一声："我需要回屋收拾一下，你们聊。"她进了旁边的一间屋子。

"让你久等了。"思思坐在沙发上，微笑着向我表达了歉意。

"没事，这么晚导演还找你。"我大度地回答。

"对，跟我商量明天拍摄的事。"思思说着，忍不住打了一个哈欠，"今天多亏了你，谢谢啊。"

"别这么客气，举手之劳而已。天太晚了，我看你也累了，我现在就走。"

"伤口包扎好了？"

我伸出手臂给思思看了一下包扎好的右手。

“皮肉伤，不碍事。”我对思思说。

“加个微信吧。”思思对我说，她把手机递了过来。

那天我回家时，已经是凌晨一点半。

进了门，发现屋子里灯都亮着，郭玺还在等我。

“老大，你终于回来了！”郭玺的声音很兴奋。

“这么晚你怎么还没睡？”

“我一直在等你！”

“你干嘛等我？”我有点奇怪地问郭玺。

“老大，好眼光，和你在一起的那个女演员是不是叫简睿思？”

我很惊奇，只能含糊其词：“应该是吧，我似乎看过她的一部剧。”

“就是那个历史穿越剧《甜蜜的大宋王朝》。她演那个静妃。她是一个小有名气的二线演员，老大你怎么跟她搭上话的？”郭玺满脸崇拜和佩服。

“我在等你，结果你迟迟没出来，她也在附近等人，有三个喝高的醉汉硬跟她搭讪，我就出手制止了他们。”

“牛！真够爷们！”郭玺真诚地赞美我。

“你的事办得怎么样？”我问郭玺。

"我跟老乡谈好了，下次必须在一个高档的地方请剧组的副导演吃饭，让他帮我安排角色。"

　　郭玺说着话，情绪明显低落了下来，我猜到了他的心思。

　　"你是不是手头又紧了，需要借钱？"

　　"老大，我是真不好意思张嘴。"郭玺面露惭愧。

　　我示意他继续说。

　　"我必须拍个大戏，有角色的，不然没法还你和鹏飞的钱，我这次准备一次花到位了，买两瓶茅台请客，可手里的钱不够……"

　　"我听你说过，请客勾兑导演的确是一个上角色的办法。"我鼓励他，"不过，既然要出手，就要大方点，不能抠抠搜搜。"

　　"老大，真不怕你笑话。小时候我们家里穷，请人吃席就没花过五百以上。我今天特意看了看茅台的价格，正规茅台厂出品的一瓶一千多，这么贵的酒，吃一顿饭喝两瓶，我都觉得肉疼。"郭玺皱眉说道。

　　我看着他，没有接话。

　　郭玺沉默了半分钟，犹豫地问我："老大，如果我再借你的钱，你能借我多少？"

没等我回答，他接着说道："老大，我发誓这是最后一次借你的钱！"

　　"你准备去参演什么剧？"我没直接回答他，反问了一句。

　　"我听我那老乡和副导演说，他们正在筹备拍一个农村题材的戏，总共四十集，我想争取的那个角色共有二十集的戏，每集片酬是两万元，全拍完我赚四十万，交了税，也足够还你和鹏飞的！"

　　"你怎么会有机会？我是说，你有什么优势可以搏上位，而不是被刷下来？"我提醒他。

　　"老大，我有一项绝活——吹唢呐，你不知道吧？这部戏是农村题材的连续剧，生活场景都是我熟悉的，而且，我要竞争的男三号需要有吹唢呐的技能。我都是现成的，不用培训。"

　　郭玺说着，生怕我不信，他打开手机里的照片给我看。

　　"老大你看照片，这是我在象山影视基地做特约演员的照片，当时就是吹唢呐，一天赚五百，日结。"

　　我仔细看了看那些照片，点头夸他："可以！想不到你曾经还是一个特约演员。"

　　"老大别笑话我！特约演员来钱还是太慢了，而且不

164　　　　　　　　　　　　　　　　元宇宙架构师

稳定，不够还你和鹏飞的。"

"别老提借钱的事，这样，明天我给你取三千，要买真酒啊，真茅台不太好买。"

"老大，谢谢！你是我亲哥！"郭玺开心地笑了。

我以为接了两场群演戏，事业会慢慢走向正轨，没想到那两场群演戏竟然是我演戏的顶峰。紧接着几个月，影视城里的剧组逐渐稀少了，房车停在影视城门口没有人租，我因为经验不足，连群演的机会都没混上两次，一直在坐吃山空。

孙鹏飞去湖南没接上戏，赶回横店待了两天，又匆匆去海南试镜接戏去了。他走后，郭玺也消失了，很少回来。

没了他们两个，房间里一下子冷清了。

我的情绪变得特别低落，莫名的沮丧淹没了我。其实也正常，想想都让人绝望，再过三年，就是三十过五奔四的年纪，我没有房子，没有老婆，除了在两部电影里演了两个跑龙套的角色，一事无成。原来在事业单位大手大脚花钱习惯了，一没注意银行卡里就剩三万多了，如果想在横店多扛一段时间，就必须省着花。

从意识到自己所剩资金不多那天起，我就决定每天吃一个馒头加一根黄瓜，尽量少运动避免消耗热量，在没戏拍的日子里就躺在床上不动，隔三天出去吃一顿饭补充一下营养。

　　饿到第三天，我发现早上站起来上厕所都有点头晕。到了下午，浑浑噩噩睡在床上，我突然听见有人在砸门。

　　我昏沉沉站起身走到房门前开门，看见彪叔站在门口。

　　彪叔面沉似水，对我说道："你有日子没出门了吧？"

　　我有气无力地说："彪叔，不好意思，您请进。"

　　彪叔进了门，看我回到自己屋里的床上再次躺下，他走到我的床边说道："你不能这样！我是看你两天都不在店里吃拉面了，所以过来看看。"

　　我被彪叔强拉着起了床，到拉面馆坐下。彪叔亲手煮了一大碗拉面端给我，当我拿起筷子时，发现拉面碗里有彪叔特意放的两个鸡蛋，看着热气腾腾的拉面，我的眼泪突然不争气地涌出眼眶，滴在了碗里。

　　彪叔在一旁递来一叠餐巾纸，看着我不说话。

　　"彪叔，您为什么帮我？"我一边吃着拉面，一边问彪叔。

元宇宙架构师

"你走过的路，我都走过。"彪叔专注地看着我吃面，沉声回答，"我跟你一样，爱跟自己死磕。没办法，父母就是平常人，想要改变命运，只有靠自己。"

彪叔说到这里，点了一根烟，看着窗外的街景，长长地吁出了一口烟。

"我失败了，希望帮几个像我一样追梦的人成功。"彪叔接着说道，"你万一哪天成了星星，走红毯了，我就指望着，你拍一部大片时带上我，我这辈子就剩这个梦了，在一部轰动全国的影片里，留一个镜头给我，哪怕只有一句台词呢，我也圆梦了。"

彪叔的话非常朴实，但带给了我莫大的力量。

"你要锻炼身体，规律生活，早晨起来背台词，背经典戏剧，控制饮食，继续逼自己，不是有那么一句话，演艺这个行当，不疯魔不成活。"

"您不是说我最不可能出名吗？"我想起彪叔的评价，那个评价让我至今耿耿于怀。

"我那是反向刺激你，你如果这点打击都经不住，那你也没法在这个圈子里混了。如果你经得住，说明心里有定力，你就有可能大红大紫。埋在土里的笋，在土里是最痛苦的，没有一丝光亮，只有一个冲出去的信念。"

那天受了彪叔的鼓励，我决定再给自己一年时间在横店奋斗。

彪叔对我鼓励后的第二天，我收到一个邀请，是桃桃发来的微信。

"后天思思过生日，你来啊。"桃桃还加了一个微笑的表情。

本来不是很有心情参加什么活动，但想起美丽的思思，我还是有点心动，面对邀请，我决定还是假装矜持一下。

"都有谁参加啊？"我问桃桃。

"就是思思的几个好朋友。"桃桃的回答很轻松。

"你也去吗？"

"我不一定，那天有场戏，我拍完赶过去。"

"好。"我让自己的回答尽量显得平淡。

"记着带上一束花。"桃桃突然嘱咐我，"女孩子都喜欢花，何况她生日，你带一束花没错，听我的。"

"好吧。"我有点不情愿。因为，我觉得这样做有点傻，双方都没什么深入了解，我就傻呵呵地送花，这不太符合我的性格。

　　　　　　　元宇宙架构师

"你听我的吧，这是思思的意思，她让我转告你。"桃桃最后的话似乎在告诉我思思对我的心意。

思思生日那天，我特意找了一个理发馆剪了头，精心挑选了一件深蓝色T恤穿上。吃过晚饭，走在去聚会的路上，我在一个花店买了一束玫瑰花。

在一个金碧辉煌的KTV豪华包厢，我见到了四五个年轻的陌生男子在里边聊天。我问了一句："思思的生日趴是这里吗？"

那几个人点点头，我在包厢没找见桃桃，就把玫瑰花束放在了一个小茶几上。

晚上八点，陆续进来了二十几个人，男男女女，似乎都相互认识，思思还是没有来，也没有回复我发给她的微信。

我坐在角落的沙发上，感觉有点尴尬。周围都是陌生面孔，看样子都是90末甚至更小的年纪，我在他们眼里妥妥是大叔了。

已经有人开始点歌，我听着他们唱着歌曲，慢慢自信了起来。因为在原单位，我曾经拿过单位组织的卡拉OK大赛冠军，在唱歌方面我还是有一些天赋的。我暗想，只要思思出现，我就亮一嗓子，让全场人刮目相看。

眼看八点半，思思终于出现了。只见她上身穿白色针织开衫，下半身一件百褶短裙，一双雪白的长腿下蹬着厚底黑靴，显得靓丽、青春、活泼。她一出场就引起了全场欢呼。

"思思公主生日快乐！"大家开玩笑式地纷纷大声喊着，思思则微笑着向所有人示意，她看向我时，朝我调皮地眨了一下眼睛，让我有些激动。

我见思思到了，就走到点歌台，点了一首张学友的《你最珍贵》，准备邀请思思一起唱。这时，包厢门口出现了一个身穿鲜艳沙滩装、痞里痞气的男子，他大大咧咧进了包厢，身后跟着两个浓妆艳抹的女子，其中一个还捧着一大束鲜花，

只见那男子对着思思喊道："思思宝贝，生日快乐！"

思思扭头看见他，开心地笑着迎上去，与那个小混混模样的男子拥抱了一下，接过了那束鲜花。

看了思思的举动，我心里不禁五味杂陈。正好，音乐前奏已经响起，我干脆拿起话筒说道："一首张学友的《你最珍贵》，献给今天的小寿星思思，我想请思思和我一起唱。"

听到我的邀请，思思很配合，她把鲜花放到了桌子上，拿起话筒与我对唱起来。

思思明显受过专业训练，吐字发音都十分清晰准确，我们俩默契地把歌曲唱罢，引来一片喝彩。

那个小混混和带来的两个浓妆艳抹的女子一直在划拳，等我唱完，他端起一杯酒走到我身边："大哥一看就是场面上的人，您在哪里高就？"

我一看到他就生出一肚子无名火，但也不方便发作，于是冷冷地回了一句："我是一个无业游民。"

那小混混尴尬地笑了一下，把酒杯对着我举了一下，自己喝了。

包厢里的气氛渐渐进入高潮，思思与两个女生则在一个角落抽着烟，不知道在聊些什么，三个人的表情都比较严肃，与周围热闹的氛围格格不入。

这时，包厢门口又出现一个络腮胡男人，他的出现再次引起全场的欢呼。

"刘导！刘导！刘导！"所有人整齐地鼓掌欢呼，我不得已也跟着大家拍了拍手。

被称为"刘导"的络腮胡男人向所有人挥着手，笑着走进包厢，他看到迎向他走来的思思，夸张地张开双臂喊道："生日快乐思思！"

两人拥抱在一起，这时，一个年轻男子不知从哪拿出了鲜花走过去递给刘导。

刘导接过花送到思思手里，说道："这束花送给你。"

一转身，他气场十足地对点歌台旁边坐着的人吩咐："换个音乐，跳舞！"

很快，节奏强劲的舞曲响起，大家在包厢中间的空地跳起了舞，刘导与两个女生舞在了一起，显得十分开心。思思则不知道去了哪里。

跳了二十几分钟，有人在昏暗中扭开了一个喷花筒，只见思思身穿一件露肩连衣裙再次出场，在众人的欢呼中踩着节拍走到中央。思思的一脸浓妆让我几乎认不出她，很快，她与刘导踩着节拍对舞，跳得十分尽兴。

必须承认，思思肯定学过专业舞蹈，她那晚的舞姿妖娆妩媚，让所有人目眩神迷。

舞曲结束，所有人都开始起哄："亲一个！亲一个！"思思与刘导在一片欢呼声中拥吻起来。这时，那个小混混端着酒走过去，大声喊道："再来一个交杯酒！"

"来一个！来一个！"周围人默契地大声继续起着哄。

让我无比惊讶的是，思思竟然接过小混混递来的酒杯，与小混混现场来了一个交杯酒仪式。

全场人的尖叫声、笑声不断，刘导则抱着另一个女生亲了起来。

看着这些光怪陆离的场景，我在一旁又尴尬又愤怒，我发现自己与这些人格格不入，一生气，干脆不与思思打招呼提前离场。

回到家中，我仍然感到意难平。思思在生日聚会的表现，与我救她那晚的淑女形象判若两人，这让我完全无法接受，更无法理解。我想，也许我和她不属于一个世界吧，我辗转反侧，后半夜才勉强入睡。

孙鹏飞终于在外地试镜成功，要在海南连续拍三个月戏，他匆匆回横店拿了一些必需用品就走了。他走了没一个礼拜，郭玺就出事了。

那天晚上，我已经上床入睡，沉沉睡梦中，我似乎听见有人呕吐，声音特别大。

我起了床，走出房间一看，只见客厅和卫生间都亮着灯，地上满是污秽，郭玺在卫生间正对着马桶呕吐。

我踩着满地的呕吐物走到郭玺身后，拍着他的后背，郭玺一边吐，一边摇头，他的表情十分痛苦。

我问郭玺："郭子，行吗？我们去医院看看？"

郭玺摇头："老大我没事，就是喝多了一点。"

"你这恐怕不是喝多了一点，是喝了太多！"

郭玺不回答，继续呕吐。我看见他吐出来的东西已经出现了暗红色，我感觉有问题，赶紧回房间取了手机，拨通了 120。

第二天中午，当我还等在急救室外时，彪叔出现了。

我又感动又意外，走到彪叔身边问道："彪叔，您怎么来了？"

彪叔摇摇头说道："我今天上午请了管道师傅疏通厨房的下水道，一进门发现家里乱糟糟的，像是出事了。不能出事啊，毕竟你们是住在我的房子里。"

"彪叔，太抱歉了，把您的房子弄脏了！"我有点不好意思。

"那是小事，人没事吧？"

"不知道，还在抢救。"

彪叔紧皱着眉，望着急救室上面亮着的"手术中"三个字。良久，他突然转头问我："昨天我听你说今天下午不是有一场试镜的戏吗？"

我猛然想起来，"啊对，但……郭子现在这样，我不能走。"

　　"你先去，试镜的机会需要珍惜，这儿我盯着，有事我叫你。"

　　郭玺最终还是没抢救过来。

　　当接到彪叔的电话时，我有点不敢相信，活生生的郭子，昨晚还在一起的郭玺，仅仅一天的时间，一个生命就这么无声无息地消失了。

　　我对着电话发愣时，听见彪叔对我说道："大炜，你告诉鹏飞一声吧，郭子毕竟是他带来的兄弟。还有，看看能不能通知到郭子的父母。"

　　我用手机打给孙鹏飞，把郭玺的情况告诉了他，只听孙鹏飞哽咽地说道："老大，谢谢！也谢谢彪叔！我争取下周回去，你一定要带我去给老二扫扫墓……"话没说完他直接挂了，我似乎听见他遥远的哭声。

　　我去医院取了郭玺的检查报告。检查结果是，郭玺喝了大量的假酒导致工业酒精中毒。原来，郭玺为了省钱，买的茅台全是假酒，与他一起吃饭的老乡和副导演当天晚上也全进了医院打了点滴，两个人不好意思直接去状告郭玺，希望与郭玺的家人私了。

　　孙鹏飞从海南赶了回来，我和他商量了一下，把郭玺的骨灰分为两份，一份由彪叔帮忙在横店附近找了一个山清水秀的公共墓地安葬了，另一份准备交给郭玺的父亲。因为郭玺曾经说过："我就是死了，也要在横店为你们看片场，给你们打扫卫生、端茶送水。"

　　他是真心热爱表演这门艺术，也爱钻研，很有才华。记得他自己介绍过，曾经在陕南一个小话剧团上过班。经典戏剧的大段念白，像莎士比亚的名剧、人艺《茶馆》的经典片段，郭玺张嘴就能来。他这么突然地离开，让我和孙鹏飞一时都难以接受，深受打击。

　　郭玺父亲到横店的下午，我和孙鹏飞商量好一起去车站接他。临出发前，我看见孙鹏飞躲在屋子里偷偷点钱，我走近他问道："老三，你准备干吗？"

　　孙鹏飞抬头看了我一眼，说道："郭子的父亲就要来了，他拿了儿子的骨灰两手空空回去，我实在不落忍，想给郭子的父亲凑点钱。"

　　我听了他这话，点点头对他说道："你等我一下，我取点钱咱们一起出发。"

我们两个人再次凑到一起时，孙鹏飞拿了三万元，我取了两万元，我们两个人总共凑了五万，准备在见到郭玺父亲时把钱给他。我们下了楼刚出单元门，迎面碰上了彪叔。

　　彪叔非常直截了当地问我们："你们俩是不是要去接郭子的父亲？"

　　我和孙鹏飞同时点头，这时彪叔递给孙鹏飞一个厚厚的信封，说道："拿着，给郭子的父亲。"

　　孙鹏飞朝信封里看了一眼，把信封又递了回去："彪叔，不能让您出钱，这不合适！"

　　彪叔没有接信封，他瞪了孙鹏飞一眼问道："郭子是不是你兄弟？"

　　"您在医院里已经为他垫了钱。"

　　"哪那么多废话？拿着！"彪叔说完这句话，转身先走了。

　　我和孙鹏飞在车站接到了郭玺的父亲。那是一个非常老实本分的农民，晒得黑红粗糙的脸上布满了沧桑的皱纹。当我把郭玺的骨灰盒交给他时，他甚至连眼泪都没有。只见他眼神呆滞、表情木讷地接过骨灰盒喃喃自语：

"这个喜子，非给自己改个名，叫啥郭玺。这'玺'字他能用吗？他扶不住啊。"

最终，郭玺的父亲捧着装有郭玺一半骨灰的骨灰盒，带着我、孙鹏飞和彪叔为他凑的七万元钱，步履蹒跚，消失在高铁站熙攘的人群里。

送走郭玺父亲的那天晚上，我和孙鹏飞在彪叔的拉面馆里喝大了。

那天晚上已经九点多，我和孙鹏飞喝了两箱啤酒，我喝得不多，主要是孙鹏飞一瓶接一瓶地喝。我怕他喝高了，就劝孙鹏飞："老三，我知道你心情不好，但不能再喝了，我们回去吧。"

孙鹏飞一个劲地摇头："老大，你别劝我！我还能喝！彪叔，再给我们开一箱！"

我冲彪叔直摆手："彪叔，不要听他的！不开了！"

孙鹏飞突然站起身，对着彪叔喊："我能喝！我还能喝！我能！我能！"

"再给我上一箱。"他的喊声变成了嘶吼，伴随着一声脆响，孙鹏飞砸了一个酒瓶子。

"你上不上？再给我上一箱！"孙鹏飞对着彪叔继续

元宇宙架构师

狂吼，彪叔默默看着他，没有搭话。

孙鹏飞又拿起桌子上一个酒瓶，狠狠地砸在地上，酒瓶碎片飞溅。

这时，拉面馆里的最后两桌客人纷纷离开。

"还不给我上？拿酒来！"孙鹏飞转脸冲着后厨的伙计喊。

看见没有人理会他，孙鹏飞拿起酒瓶一个又一个砸在地上。

我站起身，从孙鹏飞的身后抱住他，结果被他一扭身挣脱，他继续砸着酒瓶，我怎么拦也拦不住。

这时，嫂子惊得带着后厨的两个小伙计出来查看。

彪叔在一旁冷着脸观瞧，对出来的嫂子说道："让他砸，你回去！"

孙鹏飞一口气砸了十几个酒瓶，终于停了下来，他仰着头立在拉面馆的中央，仿佛站成了一个雕塑。突然，他大声哭出了声。

我走近他，准备安慰他一下，孙鹏飞却猛然转身，他的双眼红得吓人，他用力推开我，踉跄地走到彪叔身边，一屁股坐在地上，抱着彪叔的腿崩溃大哭。

"彪叔，我扛不下去了！我真的扛不下去了！"

彪叔低头对他说道："起来！"

孙鹏飞哭得更伤心了，声音越来越大。

"站起来！"彪叔的声音变成了怒吼。

孙鹏飞仍然哭个不停。

这时，彪叔猛然揪住孙鹏飞的脖领，给他脸上狠狠地抽了一巴掌。

孙鹏飞愣住了，他止住了哭声，傻傻地看着彪叔。

彪叔拽着他的肩膀让他站起来，对他吼道："你还年轻，你有什么输不起的？孙鹏飞，你是一个爷们！"

孙鹏飞似乎被打醒了，他瞪着彪叔没有回答，但他的眼睛里有了凌厉的光芒。

我和彪叔扶着大醉的孙鹏飞回到住处，只见他一头倒在床上，仰头大睡。

第二天，我醒来时，感觉头仍然很疼。在床头我发现孙鹏飞留了一张纸条，字迹很潦草：

老大，谢谢你和彪叔昨晚陪我。我今天还要赶回海南拍戏。祝福我吧，我不会放弃！

就在孙鹏飞走后的第五个晚上，我站在一个路口等红灯，这时一辆摩托车突然从我身侧后冲了过来，把我撞出很远……

后来听说，那天一个人戴着头盔骑摩托撞上了我，肇事后并没有停下，反而趁着夜色逃逸了。我被一个好心的出租司机救起送到了医院。之后，彪叔就来了。

第二天，彪叔再到医院时告诉我，他去派出所报了案，派出所民警调了我出事那条街的监控录像，发现肇事者戴着头盔，模样完全看不清楚。民警承诺之后会根据摩托车牌继续追查此事。

医院检查结果出来了，大夫说我的身体很好，仅是小腿骨折，需要休养三个月。

住院到第二个月时，我正拄着拐在医院里练习行走，这时一个护士找到我，说有一个女生来看我。

"桃桃，原来是你！"

我完全没有想到，桃桃竟然来医院看我，这让我有点喜出望外。

记得那天晚上，我和桃桃加过微信，但几个月来，我们俩没说过几句话，对话最多的还是桃桃邀请我参加思思生日趴那次。

站在我眼前的桃桃灿烂地笑着，阳光映照着她的脸庞，闪着明亮的光泽。

"你怎么知道我住医院了？"我问桃桃。

"我听彪叔说的。"她回答我，"我给你带了一些水果。"

那天，桃桃陪着我拄着拐在医院的院子里行走，她对我说："那天晚上，你砸了酒瓶，吓跑了那几个小混混，我觉得挺帅气的！昨天我和几个小伙伴在彪叔那里吃拉面时，从彪叔那儿听说你住院了，我觉得我必须来看看你。"

住了三个月的院，终于出院了。大夫说我恢复得很好，可以不拄拐走路了。但十万元的积蓄基本花完了，我最终决定离开横店。

离开横店前的一天，彪叔在家里请我吃火锅。

彪叔的家是一个小三居，干净又温馨。彪叔和嫂子正在厨房里忙碌，嫂子的肚子越来越大，家里还有一个即将上小学的小男孩十分活跃，在屋子里跑来跑去。

我们坐在一起吃火锅时，我感觉有点惭愧，端起一杯啤酒敬彪叔夫妇："彪叔，我在横店的这些日子，给您和嫂子添了不少麻烦。看着您和嫂子这么温馨的生活，我真心羡慕！我若能像您一样，就知足了。"

　　　　　　　　　元宇宙架构师

"大炜，你别向我学，我也是一堆的烦心事。就说孩子吧，上学是个大问题。他户口随我，是北京的，但我们全家都在横店，怎么办？"彪叔罕见地向我倒起了苦水。

"我对这里有感情，离不开横店。但你嫂子越来越不喜欢这里。"彪叔一边往火锅里夹菜，一边对我说。

我把杯子里的啤酒饮尽，再次斟满后敬彪叔，彪叔举杯回应我说道："你什么时候回横店来，这里都是你的家。"

彪叔的话，是横店留给我最后的温暖。

第二天，我收拾着行李，偶然看见右手虎口的疤痕，想起了为我悉心包扎伤口的桃桃，心里突然一动。

去找桃桃告别吗？我在心里问自己。

感觉有些尴尬，最近没有关注她，也不知道她在不在影棚，也许跟剧组去了外地，场记就是跟着剧组到处跑的工作，整天居无定所。

我犹豫再三，想到自己是当逃兵，作为在横店混了将近一年而一事无成的失败者，心中的自尊告诉自己："算了，不去道别了。"

拖着行李箱走在街上，几行诗句跳进了脑海里。

轻轻地，我走了，正如我轻轻地来，我挥一挥衣袖，不带走一片云彩。

　　我在心里暗自笑话自己，也不是徐志摩那样的大诗人，却在这里瞎矫情。

　　打车到了高铁站，在熙熙攘攘的人群里，隐隐听到远方飘来筷子兄弟的那首《老男孩》：

　　那是我日夜思念深深爱着的人啊
　　到底我该如何表达
　　她会接受我吗，也许永远都不会跟她说出那句话
　　注定我要浪迹天涯，怎么能有牵挂
　　梦想总是遥不可及，是不是应该放弃
　　花开花落又是一季，春天啊你在哪里
　　……

　　我的心仿佛被扎了一下，终于下了决心，发了一条微信给桃桃：我准备离开横店了。

　　过了良久，我进了车站，马上要过检票口了，仍然没有得到桃桃的回音。我很失望，心想也许都是自己在自作多情。

我上了高铁列车，找到自己的座位，放好行李，手机突然响了。我收到了一条微信，是桃桃发来的："是吗？那你不来看看我？"

　　我心中涌起一阵喜悦："你现在在哪个影棚？"

　　桃桃很快回复我：

　　"我已经不在这个行业做了。"

　　"啊？我怎么不知道，你怎么不告诉我一声？"我一着急，发了一串问句给她。

　　"我在杭州，现在帮我表姐做点事。"桃桃的回答很平静。

　　"做什么？"我意识到自己有点失态，仍然忍不住还是追问了一句。

　　"你来杭州看我就知道。"桃桃的回答还是那么平淡，"你可以到梦想小镇找我。"

　　看到她最后一句的回答，我心中的喜悦已经按捺不住，迅速从行李架上取下行李箱，几步蹿下马上就要开动的高铁列车，一路小跑着去售票厅办了退票，再买票，一气呵成。

　　一年以后，我在长三角的一个大城市——杭州扎了根，跟我救的女演员思思的闺蜜——一直默默关注我的女场记桃桃成了婚。

我俩做直播带货，我负责文案、创意，还学习剪辑制作视频，桃桃负责直播、联络商家发货以及谈判签协议，我们没白天没黑夜地干，做得风生水起。我们为桃桃家乡滞销的水果做带货直播，没想到第一年净赚了150万。

第二年，我们成立了工作室，雇了两个图文编辑、一个视频制作员。半年多时间，直播收入比第一年全年还多，事业稳定了。我非常开心，与桃桃商量好，在梦想小镇边上一个新开发的小区买了精装房，交了首付，订制了广东的家具。

家具还需要有一个月时间才能到货，我突然闲了下来，不禁想起了横店，很怀念那些奋斗的日子，于是跟老婆大人请假。桃桃正回福建家乡与乡里的书记谈直播带货续约协议，她很痛快地答应了我："给你三天时间，见见老哥们，顺便替我给彪叔带个好。"

我拿起手机先给孙鹏飞打了过去。

孙鹏飞在电话那边很痛快地说道："老大，你来片场找我吧，我最近都在横店拍戏，8号影棚。"

很快，我在横店影视城的片场里找到了孙鹏飞。见到他时，一个美女助理正帮他换衬衫，一个化妆师在给他补妆。

"老三，彪叔没看错，真的是你出名了，有了助理，还是一个美女！"我走到孙鹏飞身边跟他开玩笑。

"别逗我了，这是导演的女助理，没办法，这里没空调。我演反派男三号，外面37度，棚里至少45度，我的角色必须西装革履，带的四件衬衫都换不过来，所以导演让她给我临时帮忙。"孙鹏飞一边笑着回答我，一边对化妆师说，"帮我把眉毛再扫一扫。"

女助理正用吹风机吹一件湿透了的衬衫，这时副导演走过来大声喊道："鹏飞准备好了没有？机位马上调整好了，就差你了！"

"马上！"孙鹏飞扭头冲着副导演大声回答。

他转过脸对着我说："老大，你就在片场等我，我估摸两个小时内收工，然后，我陪你去看彪叔。"

我有点奇怪，问道："我先去看彪叔，在他那儿摆上冰啤酒，嗑着瓜子等你不好吗？"

孙鹏飞一皱眉："你走了不到两年，真的什么都不知道？"

"发生什么了？"我有点莫名其妙。

"彪叔死了。"

我的脑袋"嗡"的一声。

这时副导演的声音又飘了过来："孙鹏飞，赶紧！马上开拍了。"

"我不多说了。"孙鹏飞转头大喊，"马上！"

旁边那个女助理递来一件半湿不干的衬衫，孙鹏飞迅速换上，然后迈着大步跑去拍戏。

我的脑袋一直懵着，直到孙鹏飞收了工找到我。

"彪叔死了你为什么不马上告诉我？"一见面，我就忍不住质问孙鹏飞。

孙鹏飞黑着脸不回答我。

"赶紧告诉我，彪叔是怎么死的？"我盯着他追问。

"也就一个多月前，天一直下雨，我打不着车，彪叔晚上开车送我去机场赶飞机。"孙鹏飞看了我一眼，低声说道，"彪叔后半夜回来，在高速路上与一辆车发生了剐蹭，没想到车主是一个逃犯，下来没说几句就把彪叔捅了。彪叔的脾脏被扎了一刀，在路上躺了一个小时才被人救了，住院昏迷了五天五夜，最后还是没抢救过来。"

　　　　　　　元宇宙架构师

"那个在逃犯抓住了？"我皱着眉问道。

"抓住了，估计几个月后会有判决结果。"

孙鹏飞接着说："嫂子伤透了心，也就在上个礼拜，嫂子把房子都卖了，带着两个孩子回了老家。嫂子走的时候说，她发誓不让孩子走这条路。"

我的脸色肯定非常难看，让孙鹏飞有点不安，他愧疚地对我说道："老大，你骂我吧，都怪我，那天如果不是着急赶飞机让彪叔帮忙开车送……"

"别那么说！"我截了他的话，"你带我去墓地吧。"

孙鹏飞从剧组那里借了一台车，很快，我和他奔驰在一条宽阔的国道上。

孙鹏飞一边驾着车在路上飞速行进，一边用手拿出烟盒，用嘴叼出一根烟，再用打火机点燃，动作十分熟练。

我忍不住问他："你什么时候学会了抽烟？记得你为了保护嗓子，发过誓不抽烟。"

"彪叔死了以后。"孙鹏飞的回答十分简短。

"给我来一支。"

我拿过烟盒，也点燃了一支烟。

孙鹏飞两眼盯着路前方，低声说道："老大，你走了这不到两年，横店发生了很多事。你还记得那个思思吗？"

"简睿思？"

"对。"

"她怎么了？"我尽量让自己的声音显得随意。

"她去年拍戏拍一半就离开了剧组，跟一个假土豪私奔去结婚了。"

"哦？"

"我三个月前，趁着拍戏空档期去看了她，她混得很惨。"

"怎么个惨法？"

"大家也都是后来才陆续知道，带她私奔的那个土豪不是什么官二代，也不是什么富家子弟，就是一个混混，嘴甜了点而已，特别会哄人。以前每次接思思出去玩，开的跑车都是租的，出手大方都是借的别的女人的钱，把思思骗到手就是想要吃软饭，思思的家里条件好，是真没少为这个混混花钱。思思的父母看不上这个混混，坚决不同意他们结婚，她就跟人私奔了，现在为那混混生了个孩子，住在那个假土豪的老家，就一穷山沟，人都傻了，我去看她时，人都麻木了。"

我听到这些，心中竟然没有泛太多涟漪，蓦然我发

元宇宙架构师

现，自己并没有爱过思思。也不奇怪，我和她本来就不是一路人。

"你是不是也喜欢过思思？"我掐灭了烟问孙鹏飞。

孙鹏飞白了我一眼，没有正面回答我。

"老大，你结婚了，真好。我拍片子太忙，也没来得及去你婚礼现场为你祝贺，但我真心为你高兴。"

"我也没张罗，就请了双方父母吃了一顿，领了证，很简单。"

"怎么样，很幸福？"孙鹏飞认真地问。

"很好，桃桃是一个好老婆，会疼人。"我想起与桃桃的恋爱经过，脸上不禁浮现出微笑。

"你呢？还一个人？"我反问他。

"哼。"孙鹏飞鼻孔里重重哼了一声。

"横店不相信眼泪，更不相信爱情。"孙鹏飞苦笑地说道，"我的生活只有苦斗，每天早上五点起床跑十公里，晚上回到家里，不管多晚都要背一段名著，或者电影的经典对白，我不敢松一口气。"

我和孙鹏飞来到了彪叔的墓地。我记得这是第二次来这个地方，第一次是为了埋葬老二郭玺的骨灰，还是跟着彪叔来的。

站在彪叔的墓碑前，墓碑上彪叔的照片和他活着时一样生动，在横店奋斗的一幕幕浮现在眼前，我感觉自己的眼眶有点发酸。这时，孙鹏飞默默地把一瓶红星二锅头摆在彪叔的墓碑前，那是彪叔最爱喝的酒。

"老三，你可还记得彪叔的愿望？"我问他。

"当然记得。"孙鹏飞回答得十分肯定。

我看了他一眼说："你出名了，你帮彪叔还个愿吧。"

孙鹏飞点点头："老大，我需要你的配合。"

"好的。"我低声回应他。

孙鹏飞静静地站立了十几秒钟，突然单腿跪下，对着墓碑的照片说："彪叔，我出名了。我跟导演申请加了一个镜头，有你的台词，就一句台词。"

"该你了。"孙鹏飞站起身对我说。

我想了想。"就这一句台词？谁说站在光里的才是英雄！"

"对，就这句！导演点名让你演。"孙鹏飞的声音变成大吼，"彪叔，该你上场了！导演在等着你呢！"

"彪叔，你看！电影上映了，你看，那是你的镜头！"我被孙鹏飞的情绪代入了，在一旁对着天空狂喊。

　　　　　　　　　　　元宇宙架构师

"谁说站在光里的才是英雄！"

孙鹏飞突然俯身拿起那瓶红星小二砸碎在地上，他开始吼唱彪叔最喜欢的歌:《孤勇者》。

爱你孤身走暗巷

爱你不跪的模样

爱你对峙过绝望

不肯哭一场

······

去吗 配吗 这褴褛的披风

战吗 战啊 以最卑微的梦

致那黑夜中的呜咽与怒吼

谁说站在光里的才算是英雄?

我和孙鹏飞在蓝天大地间狂野地嘶吼着，直到两个人唱得泪流满面。

我，不，一个叫李大炜的人，一个咬着牙奋斗着的千万普通年轻人中的一个，坐在奔向杭州的高铁列车上，看着窗外的景物飞速地掠过，突然，泪流满面。

旁边座位，一个女人怀抱着的小胖丫头，伸出肉乎乎的小手，指着李大炜的脸说："妈妈你看，叔叔哭了。"

她妈妈扭头看了李大炜一眼，转脸抱着小胖丫说："不要乱说，叔叔是困了。"

李大炜有点尴尬地笑了笑，为了掩饰自己的失态，李大炜继续望向窗外。

脑海里，狄更斯的名句浮现了出来："这是一个最好的时代，也是一个最坏的时代。"

"这个时代，属于不甘平凡、跟自己死磕的人，愿命运眷顾那些一直默默努力、永不放弃的每一个普通人。"

李大炜喃喃自语，为远方挂念的人送上了自己最诚挚的祝福。

元宇宙架构师